KB113264

백지에게

# 백지에게

김언 시집

민음의 시

285

민음사

올해는 선풍기를 바꾸려고 했다가 포기했다.
고물 선풍기도 아닌데, 왜 바꾸려고 했을까?
점점 더 좋은 선풍기가 나오는 것도 아닌데,
나온다고 해 봐야 선풍기인데, 왜 바꾸려고 했을까?
선풍기를 바꾸려고 했다. 아주 본질적으로
바꾸려고 했다. 돈이 조금 더 필요하다.

2021년 7월
김언

**차 례**

3부

# 4부

1부

# 무의미

　가을에 무의미한 시는 가을을 지시하지 않겠지. 손가락질도 않겠지. 손가락질은 감정. 지시도 손가락이 있어야 가능하니까 손가락 없이는 가을도 없겠지. 가을 없이는 겨울도 없다는 말. 무의미하지. 겨울 없이는 봄도 여름도 없다는 말. 무의미하지. 의미는 뒤통수니까. 뒤통수에 있으니까. 가을에 무의미한 시는 하늘이 무너져도 무언가를 쓰고 있지. 무언가를 생각하고 있고 이자에 대해서도 원금에 대해서도 돌아오는 만기일이 없지. 돈이 없지. 돈이 없어도 날짜는 바뀌지. 오늘은 여기까지 살았지. 무의미하게 마음에 두는 사람과 마음에 없는 얘기를 하고 마음에 없는 조언을 하고 다만 시간을 냈다는 것. 너를 생각하면서 떨리는 마음으로 표현은 못 했지만 시간을 냈다는 것. 추석 지나고 설. 설 지나고 추석. 그 사이에 축의금이 있고 조의금이 있고 전화가 있고 표현은 못 했지만 시간을 냈다는 것. 무의미하게. 그러나 떨리게. 가을에 무의미한 사랑은.

# 사랑

　그건 내게 없는 것이었다. 앞으로도 없는 것이었다. 그것을 가지려고 하지 않았다. 그것을 주려고도 하지 않았다. 그것을 주어야 사랑이라고 한다. 그것이 무어든 그것은 내게 없는 것이어야 하고 네게 주어야 하는 것이고 네게 줄 수 없다면 다른 것은 필요 없다. 내게 없는 것이어야 한다. 내게 없는 것만 있다. 내게 없는 것만 네게 줄 수 있는 것. 그걸 꺼내어 네 품에 안겨 주는 것. 내게 없다는데도 바다처럼 흔한 것. 바다처럼 넓은 것. 바다처럼 깊고 빠져나올 수 없는 그것을 다시 꺼내어 네게 안겨 주는 것. 바다는 멀다. 바닷가 출신에게도 멀다. 줄 수 없기에 가질 수 없는 것. 가질 수 없기에 주어야 하는 것. 그것이 사랑이라고 배운다면 참으로 난감한 바다가 멀리 있다. 만질 수 없는 바다가 멀리 있다. 보아도 보아도 바다뿐인 바다가 멀리 있다. 그 바다를 보러 가자고 사랑이 있다. 그 바다를 보러 가서도 사랑이 있다. 사랑은 짐이다. 사랑은 조개껍데기처럼 빛나고 나뒹군다. 아무렇게나 여기 있고 저기 있다. 저기 있고 여기 있다. 어디에 있어도 홀가분하지 않다. 가뿐하지도 않다. 그것은 무겁다. 몹시도 무거운 바다를 보고 왔다. 그

리고 웃는 바보들이 있다. 사진 속에만 있다. 도대체 언제
적 사진인가?

## 괴로운 자

우리는 사랑 때문에 괴롭다. 사랑이 없는 사람도 사랑 때문에 괴롭다. 그래서 사랑 자리에 다른 말을 집어넣어도 괴롭다. 우리는 사람 때문에 괴롭다. 우리는 사탕 때문에도 괴롭다. 한낱 사탕 때문에도 괴로울 때가 있다. 우리는 무엇이든 괴롭다. 사탕 자리에 무엇이 들어가도 우리는 괴롭다. 사람도 사랑도 모조리 괴롭다고 말할 때 우리는 말 때문에 다시 괴롭다. 우리는 말하면서 괴롭다. 말한 뒤에도 괴롭고 말하지 못해서도 괴롭다. 말하기 전부터 괴롭다. 말하려고 괴롭고 괴로우려고 다시 말한다. 우리는 말 때문에 괴롭다. 괴롭기 때문에 말한다. 괴롭기 때문에 우리가 말하고 우리에게 말한다. 누구에게 더 말할까? 괴로운 자여, 그대는 그대 때문에 괴롭다. 그대 말고 괴로운 사람이 있어도 괴롭다. 그대 말고 괴로운 사람 하나 없더라도 그대는 괴롭다. 괴롭다 못해 외로운 자여, 그대는 내가 아니다. 나는 나 때문에 외롭다. 나는 나 때문에 괴롭고 괴롭다 못해 다시 말한다. 나는 나 때문에 말한다. 나는 나 때문에 말하는 나를 말한다. 나는 나 때문에 내가 아니다. 나는 나 때문에 늘 떠나왔다. 나는 나 때문에 그곳이 괴롭다. 내가 있었던 장소. 네가 머물렀던 장소. 사람이든 사랑이든 할 것

없이 사탕처럼 녹아내리던 장소. 그 장소가 괴롭다. 그 장소가 떠나지를 않는다. 그 장소를 버리고 그 장소에서 운다. 청소하듯이 운다. 말끔하게 울고 말끔하게 잊어버리고 다시 운다. 그 장소에서 그 장소로 옮겨 왔던 수많은 말을 나 때문에 버리고 나 때문에 주워 담고 나 때문에 어디 있는지 모르는 그 장소를 나 때문에 다시 옮겨 간다. 거기가 어딜까? 나는 모른다. 너도 모르고 누구도 모르는 그 장소를 괴롭다고만 말한다. 괴롭지 않으면 장소가 아니니까. 장소라서 괴롭고 장소가 아니라서 더 괴로운 곳에 내가 있다. 누가 더 있을까? 괴로운 자가 있다.

## 백지에게

백지가 되려고 너를 만났다. 백지가 되어서 너를 만나고 백지처럼 잊었다. 너를 잊으려고 백지답게 살았다. 백지가 저기 있다. 백지는 여기도 있다. 백지는 어디에나 있는 백지. 그런 백지가 되자고 살고 있는 백지는 백지답게 할 말이 없다. 대체로 없고 한 번씩 있다. 백지가 있다. 백지에서 나오는 말들. 백지에서 나와 백지로 돌아가기를 거부하는 말들. 도무지 백지가 될 수 없는 말들이 한마디로 그치지 않을 때 두 마디로도 그치지 않고 모자랄 때 모자란 만큼 잠식하는 백지의 운동은 백지를 갉아먹는다. 백지를 지워 나간다. 백지를 삭제하는 방식으로 말하는 백지의 운동은 점점 더 백지를 떠난다. 백지가 되지 않으려고 너를 만난 것 같다. 백지가 되지 않아서 너를 만난 것 같기도 하다. 백지는 충분한데 백지는 불충분한 사람을 부른다. 백지는 깨끗한데 백지처럼 깨끗하지 못한 사람을 다시 부른다. 백지는 청소한다. 백지에 낀 백지의 생각을. 백지는 도발한다. 백지처럼 잠든 백지의 짐승을. 으르렁대는 소리도 으르렁대다가 눈빛만 내보내는 소리도 백지는 다 담아 준다. 백지가 아니면 담기지 않는 소리를 백지가 담으니까 이렇게도 어수선하고 시끄럽고 그걸 다 모아서 백지는 입을 다문다. 아무 소리도 들리지 않는 것처럼 백지 한 장이 있다. 너무 소란스러운 가운데 백지 한 장을 찾는다. 백지가 어디로 갔을까? 비어 있다고 백지는 아니다. 백지로 차 있다고 해서 백지는 아니다. 백지는 백지답게 불쑥 튀어나온다. 백지였다는 생각을 잠시 잊게 만드는 백지 앞에서 백지를 쓴다. 백지라는 글자를 쓰고 또 잊는다.

# 투신

　한 단어로 말해 그는 창문에서 투신했다. 멀쩡한 창문을 놔두고 다른 창문으로 투신했다. 또 다른 창문이었으면 괜찮았을까? 한 단어로 말해 창문이 문제다. 문제의 창문 앞에서 몇 번이고 기웃거리던 그가 다른 창문으로 투신했다. 왜 창문이 문제인가? 한 단어로 말해 그는 창문 앞에서도 창문을 가린다. 아무 창문이라도 좋다는 단어는 없다. 한 단어로 말해 모든 창문이 다 문제인 것은 아니다. 어떤 창문은 투신을 기다리고 있다. 어떤 창문은 투신이 벌어진 후에도 멀쩡하게 창문의 지위를 누리고 있다. 그곳으로 밖을 내다보는 자가 문제다. 한 단어로 말해 창문으로 투신하는 사람과 투신은 엄두도 못 내는 사람이 창문 앞에서 결정을 기다린다. 누가 결정해 주는 것도 아닌 창문 앞에서 각오하고 있고 주저하고 있고 한 번 더 망설임을 유예하고 있다. 결정은 아직 멀었다. 결정은 이미 되었는지도 모른다. 이 창문이 아니면 다른 창문이 있어야 한다. 다른 창문이 문제다. 다른 창문이 있어야 한다. 다른 창문을 열고 바깥을 내다본다. 창문은 높다. 어떤 창문은 지나치게 높아서 한 단어로 말해 한 번 떨어지면 다시는 돌아올 수 없는 길을 내어놓고 있다. 그는 고개를 내밀고 있다.

한참을 기다리고 있다. 한 단어로 말해 이 창문이 가장 그럴듯한 용기를 준다. 한 단어로 말해 이 창문 앞에서 지난 십수 년을 회고하고 있다. 잘못 살아온 것이 분명한 창문이다. 한 단어로 말해 창문은 깨질 때까지 창문이다. 깨지고 난 뒤에도 창문이다. 말도 안 되는 이유로 철거된 후에도 창문은 창문의 위세를 보여 준다. 창문이 아닌 곳에서도 떨어지는 사람이 있다. 창문이 아닌 곳에서도 투신하는 사람을 위해 한 단어가 있다. 그는 투신했고 자살했고 추락사로 단정 지을 수 있는 높이에서 떨어져 내렸다. 그는 머리가 깨지고 있다. 그는 얼굴이 일그러져 있다. 심하게 훼손된 얼굴은 한 단어로 말해 그가 아니라고 말할 수 없다. 그는 죽었고 그가 아닌 것은 이제 너무도 많다. 그가 아닌 것이 저 창문에 달라붙어 있다. 그가 아닌 것이 저 창문을 두드리고 있다. 그가 아닌 것이 저 창문을 언젠가 닫으리라. 한 단어로 말해 그 창문은 거기서 나오고 싶은 그를 매번 다시 세워 두고 있다. 오늘은 벌써 몇 번째 그가 떨어질 준비를 하는지 모른다. 아찔하다.

## 모두 폭발하러 가는 것 같다

나는 어쩌다가 앉아 있는 사람이 되었을까. 계속 앉아 있는 사람이 된다. 앉아서 볼일을 보고 앉아서 볼일을 하고 앉아서 볼일을 만든다. 서서는 만들지 않아야 계속 앉아 있는 사람이겠지만, 어찌 앉아서만 살 수 있겠는가. 앉아서만 할 수 있는 일은 한계가 있다. 한 번은 서야 하고 두 번도 서야 하고 몇 번이라도 서야만 다시 앉을 수 있고 누울 수 있고 그래야 하루가 간다. 하루가 갈 수 있다. 하루는 걸어서 간다. 하루는 누워서도 간다. 하루는 기어서도 가는 사람이 있겠지만 아무튼 하루를 가기 위해서 하루는 간다. 서서도 가고 앉아서도 갈 테지만 하루가 가기까지 얼마나 많은 볼일이 있는가. 볼일을 끝내지 못하면 하루도 가지 못하고 계속 기다리는 사람처럼 하루를 연장한다. 새벽 2시인데 아직도 하루를 끌고 있는 사람. 하루를 끝내려고 하루를 늦추고 또 늦추는 사람이 새벽을 넘기고 있다. 3시도 좋고 4시도 좋다. 5시라고 한들 누구도 탓하지 않는 곳에 끝나지 않는 하루가 있다. 하루는 벌써 하루를 넘기면서 지치고 있고 쓰러질 듯 있고 쓰러지지 않으면 그대로 폭발할 것 같은 하루가 하루를 끝내려고 마지막까지 꾹 참는다. 폭발 직전의 아침이다. 폭발 직전의 아침이 밝아 온다. 구석구석 숨어 있던 사람들이 한꺼번에 몰려나오는 것 같다. 모두 폭발하러 가는 것 같다. 꾹 참고 가는 사람들 같다.

# 영원

나는 오늘 산책을 했고 나는 어제 결혼을 했고 나는 그 저께 이혼을 했고 그 전날에 죽을 뻔했고 그 전전날에 실제로 죽었고 앞으로도 영원히 존재하지 않는 사람이 그 전 전전날에 태어났고 그 전전전전날에 울음을 터뜨렸고 태어나서 운 것인지 죽는다고 운 것인지 아니면 죽고 나서 운 것인지는 불확실하지만 아무튼 울음은 크고 우렁찼고 더할 나위 없이 슬펐다. 그래서 산책하는 사람이 내일은 위로라고 할 것이고 모레도 격려라고 할 것이고 그런 것들이 하나도 귀에 안 들어올 때 어디서부터 잘못된 것을 어디까지 수습해야 할지 도무지 모르겠을 때 그가 찾아왔다. 새로 태어나는 것이 어떻겠냐고 권하던 그는 어제도 찾아왔고 그제도 찾아왔고 앞으로도 찾아올 것이 분명한 태도로 말했다. 내일은 같이 갑시다. 모레도 같이 갑시다. 언제나 같이 갑시다. 내가 올 때마다 같이 갑시다. 그게 싫으면 내가 다시 오지 않도록 조치를 취해야 할 겁니다. 오늘 중으로. 아니면 내일 중으로. 아니면 두 번 다시 방문하는 일이 없도록 영원히 같이 가는 겁니다. 어떻습니까? 나는 좋다고 도 싫다고도 말 못 한다. 그냥 따라갈 뿐이다. 산책로를 따라서. 이렇게 구불구불한 길은 처음 본다는 듯이.

# 바쁜 사람

장례식장에서 누가 가장 슬픈가? 유가족이겠지. 그런데 그들이 가장 바쁘다. 그들이 가장 바쁘게 움직이고 그들이 가장 바쁘게 소리를 내고 그들이 가장 바쁘게 울음을 울고 그들이 가장 바쁘게 서 있다. 앉아 있어도 그들이 가장 바쁘게 앉아 있다. 쉴 틈이 없는 사람들이 가장 슬프다. 가장 슬픈 사람들이 가장 바쁘다. 가장도 없이 슬프고 바쁜 사람들이 가장 노릇을 하느라고 손님을 받는다. 손님을 치르고 손님을 배웅하고 또 누가 불쑥 찾아오더라도 그들이 가장 기다리는 사람은 여기 없다. 저기에도 없다. 어디에도 없는 사람이 가장 한가롭다. 가장 한가로워 보이는 사람이 절을 받고 조의를 받고 울음도 받고 웃고 있다. 입가에 엷은 미소라도 짓고 있어야 한다. 한가로우니까 한가롭게 꽃들에 둘러싸여 며칠을 보낸다. 며칠이면 충분하다. 찾아올 손님은 거의 다 왔다. 아직 오지 않은 사람이 있다면 그는 필시 가장 바쁜 사람이리라. 가장 바쁜 사람이 여기에 없고 저기에도 없고 또 어디에 없어서 그는 가고 있는가? 또 어디를 바삐 가고 있는가? 필시 가장 바쁜 사람을 찾아가리라.

## 쉬고 싶은 사람

길을 걸어서 내가 도착하고 싶은 곳에 도착했다. 오늘은 쉬는 날이라고 했다. 도착하고 싶은 곳이 조금 더 멀어졌다. 내일까지 걸어야 하나. 내일까지 걸으려면 나 역시 쉬는 시간이 필요하고 그래서 걸었다. 쉬는 곳이 있는 곳으로. 그곳이 집이라는 생각. 일찌감치 접었다. 그곳이 카페라는 생각. 일찌감치 닫았다. 조용한 카페는 문을 열지 않는다. 쉴 수 있는 카페는 계속 쉬고 있다. 공원에서 벤치에서 쉬고 있는 사람은 언제까지 쉴 것인가. 이런 생각을 할 수 있는 공원은 일찌감치 시끄럽다. 늦게까지 시끄럽다. 무섭게도 고요한 새벽에는 집에 들어간다. 집에서는 잠꼬대 같은 잔소리가 기다리고 있다. 나는 잠시라도 쉬러 왔다. 잠시라도 쉴 수 있다면 다시 나가지 않아도 될 텐데. 잠시 쉬고 나간다. 그걸 숨이라고 쉬고 있다. 푹푹 쉬고 있다. 내가 도착하고 싶은 곳은 오늘도 쉬고 있다. 그곳이 어딜까? 쉬지 않고 가면 내일이다. 아니 오늘인가?

## 슬픈 사람

슬퍼할 것이 많다. 많아 봤자 얼마나 많겠는가. 헤아려 보면 헤아리는 전부 다가 슬프다. 전부 다가 슬프다면 딱히 슬픈 것이 없는 것 같다. 도무지 슬픈 것이 없어서 슬퍼하는 사람도 있을 것이다. 있다면 말해 보라. 당신이 슬퍼하는 이유를. 그걸 말한다고 해서 슬퍼하는 이유가 명확해지는 것은 아니다. 슬퍼하는 자는 계속 슬퍼하는 자다. 계속 슬퍼하다가 중단하는 자다. 그리고 다시 슬퍼하는 자가 될 것이다. 슬퍼하는 자가 오고 있다. 저기 멀리서 오는 자가 아니다. 내 앞에서 내 앞으로 매번 다가오다가 지나치는데 한 번도 붙잡고 물어본 적이 없는 것 같다. 그는 붙잡을 만한 사람이 아니다. 붙잡을 수 있는 사람도 아니다. 그는 지나간다.

2부

# 자세

그는 예고하듯이 서 있다. 그는 잠재적으로 서 있다. 그는 앞으로도 서 있을 것처럼 움직이지 않는다. 움직임을 따라가면 정지다. 그대로 서서 정지다. 그대로 서서 예고하고 있다. 앞으로의 동작을 한 시간 전부터 취하고 있다. 두 시간 전부터 굳히고 있다. 어쩌면 한 달 전부터 계획하고 예정하고 대비하고 있었을 저 자세를 십 년 전에 본다고 달라졌을까? 저 자세는 수백 년을 각오하려고 서 있다. 서서 정지하고 있다. 발목과 손목 부분이 가장 취약하다고 써 있다. 그보다 성기 부분이 먼저 떨어져 나갈 거라고 예측하는 경험도 있다. 경험상 머리부터 떨어져 나간 자세의 대부분이 아름다운 얼굴을 하고 있다. 아름다운 표정을 굳히고 있다. 아름다움은 굳는다. 그대로 떨어져 나간다. 마모되지 않으면 부서지거나 부러져서라도 떨어져 나간다. 그걸 예고하듯이 서 있다. 잠시라도 돌이 되는 걸 지속하고 있다.

# 외투

나는 외로운 외투가 되어 간다. 가만히 서 있어도 외투가 되어 가는 사람의 외투를 벗긴다고 달라지는 사정은 없다. 외투는 벗어도 외투니까. 외투는 입어도 외투가 되어 걸어간다. 어디로 가십니까? 외투는 외투가 되어 버린 사람의 입장을 대변하는 자세로 서 있다. 물론 말은 없다. 필요 없거나 소용없는 말을 하려고 외투가 대신 서 있어 주는 것은 아니니까. 한 번 더 질문할 필요도 소용도 없는 외투 앞에서 외롭고 차가운 외투가 되어 서 있었다. 얼마나 오래 서 있었는지 계절이 바뀌고 있다. 겨울이었는데 봄이었고 여름을 지나고 있었고 가을이 지나고 있었다. 겨울이었는데 겨울이 되어서야 외투는 서 있는 것을 멈추고 서 있는 외투에게 이제 그만 갈까 하는 자세를 취해 보였다. 그것은 부드러운 권유 같아 보였으나 거부할 수 없는 외투를 껴입고 있는 사람의 외투는 이미 움직이고 있었다. 외투는 외투의 뜻을 따른다. 외투는 외투가 가자는 대로 가고 있다. 저곳이 겨울이라면 아직도 겨울인 곳으로 더 갈 수 있다. 외투는 움직이는 데 불편함이 없다. 없어야 한다. 없을 때까지 외투는 외투의 형상만 유지해 주면 된다. 그 안에 어떤 사람이 들어가서 녹더라도.

# 두 사람

나는 두 사람이 되려 한다.
너를 가진 사람과
너를 가지지 못한 사람.
너를 가졌으면 너를 포기하는 사람.
너를 가지지 못했으면 너를 가지고 싶은 사람.
나는 두 사람이 되려 한다.
포기하는 걸 포기하지 못하는 사람과
가지고 싶은 걸 가지지 않으려 하는 사람.
포기하지 못해서 더 포기하고 싶은 사람과
가지고 싶어서 더 가지지 않는 사람이
되려 한다. 나는 너희 두 사람이 되려 한다.
두 사람을 가지고 싶어 한다.
가지고 싶은 사람과 가지지 못한 사람.
가져 봤자 소용없는 사람과 가지고 싶어도
소용없는 사람이 되려 한다.
소용없어서 너를 버리는 사람이 되려 한다.
소용 때문에 너를 버리고 아까워하는 사람이 되려 한다.
너는 포기한 사람이 되려 한다.
내가 포기하는 사람이 되려 한다.

너는 생경한 사람이 되려 한다.

내가 모르는 사람이 되려 한다.

너는 떠나고 있다. 미련 없이 나를 말하고 있다.

홀가분하게 나는 두 사람이 되려 한다.

떠나고 없는 사람과 떠나도 소용없는 사람과

떠나 봤자 다시 사람을 찾는 사람이 되려 한다.

너를 가지고 싶어 한다. 너를 가지고 싶어 하는

나를 포기하려 한다. 너는 이미 포기했다.

포기하는 걸 포기했다. 그래서 남는 사람이

내가 되려 한다. 그마저도 포기한다면

나는 완벽히 두 사람이 될 것이다.

여기 없는 사람과 저기 없는 사람.

어디에도 없는 사람과 어딘가에 없는 사람.

거의 없는 사람과 거의 있는지도 알 수 없는 사람.

그런 사람이 되려 한다. 그런 사람이 되고 있다.

아무것도 할 수 없는 사람과 아무것이나

하고 있는 사람. 둘 사이에 누가 들어서더라도

한 사람은 아닐 것이다. 두 사람도 아닐 것이다.

너무 많은 사람이 되려 한다.

너무 없는 사람이 너를 지나갔다.

# 누가 불러서 왔습니까?


누가 나를 부른다.
누가 나를 부른다.
누가 나를 부르고
곧 잠잠해진다.
조용해진다.
누가 나를 불렀을까?
누가 나를 부르고
가 버린 것일까?
가 보면 누가 나를 부른
장소만 남는다.
거기가 어딜까?
가 보면 없다.
감쪽같이 나를 부르고
모두 어디로 간 것일까?
한 사람이면 좋겠다.
두 사람도 괜찮다.
너무 많은 사람이
나를 부르고 갔다.
어디로 갔을까?

누가 나를 부른다.

누가 나를 부른다.

가 보면 없다.

가 보면 아무도 없고

나 같은 사람들뿐이다.

당신은 누가 불러서 왔습니까?

# 제안

꿈에 제안을 받았고 꿈에 제안을 받아들였다.
어떤 제안이었는지는 묻지 말아 달라.
꿈이 중요하다. 꿈에 제안을 받았고
받아들였다는 사실이 중요하다.
그럼 어떤 꿈인가? 그것도 묻지 말아 달라.
제안보다 더 중요한 꿈을 꿈은 가르쳐 주지 않는다.
가르쳐 준 다음 열심히 잊어 먹게 만드는 꿈.
그 꿈을 꾸려고 다시 잠드는 꿈을
얼마나 시도했는지 그것이 중요하다.
몇 번이나 시도했는지 그것도 묻지 말아 달라.
꿈은 헤아릴 수 없이 많다.
말도 안 되게 많은 꿈을 꾸고 잊어버렸다.
놓쳐 버렸다. 오줌이 씻겨 내려가듯이
지린내만 남겨 놓은 꿈을 희미하게
희미하게 다시 꾸려고 노력하는 사람.
그가 내가 아니라고 할 때까지
꿈을 놓치지 않는 꿈이 계속될 것이다.
계속되어야 한다. 꿈에 받은 그 제안을
다시 받아들이기 위해 꿈을 꾼다.

제안은 아주 멋진 것이다.
아주 멋진 것이어야 한다. 다른 제안은
꿈에서도 생각해 보지 못했다. 그것이 무엇이든
꿈은 가르쳐 주지 않는다. 열심히 잊어 먹게 만든다.

# 이것은

이것은 모두 자면서 일어나는 일
어딘가 불이 붙고 어딘가 타는 냄새가 나고
어딘가 세상 사람이 하나씩 나를 부르고
내 집에 불이 났다고 이른다
어서 일어나라
어서 일어나라
이것은 모두 자면서 일어나는 일
내 생각과 의지와 현재와는 상관없는 일
내 생각은 침대에 있고 내 의지는
영안실에 있으며 내 과거는 하나씩
망각을 완성했다 세상 사람이 하나씩
꿈을 꾸듯이 말한다
어서 가라
어서 가라 너의 집으로
불이 붙는 너의 침대로 이불이 아니면
덤불 속으로 옮겨 붙는
불길 속으로
어제는 전쟁 오늘은 전쟁 한동안 휴식
일어나라 어서 일어나라

미래는 침대에 있고 미래는
영안실에 있으며 미래는 불을 보듯
빤한 과거를 내밀고 나온다
더 나올 것이 없는 날에도
이것은 나온다
모두 자면서 뛰쳐나온다

# 가족

자고 일어나니까 가족들이 모두 죽어 있었다.
나만 빼고 모두 죽어 있는 가족들이 안방에도 있고
거실에도 있고 부엌과 화장실에도 있었다.
우리 가족이 이렇게나 많았나 싶게
모두 아는 얼굴을 하고 친근한 표정까지 덮어쓰고서
죽어 있다. 죽을 때도 나만 쏙 빼놓고 죽은 사람들이
어떻게 나의 가족이 되었는지
잠을 깨고서도 나는 알지 못한다.
깨달을 수 없는 일이 자꾸 벌어지는데
오늘 아침의 이 시체들 말고도 허다하게 널린 것이
죽음인데 죽음의 목격이고 참상인데
다들 밝은 표정이다. 심지어 웃고 있는 것 같다.
한 명은 아예 툴툴 털고 일어나서
곧 걸어 나갈 사람처럼 씩씩해 보인다.
죽어서도 씩씩하고 죽어서도 왕성하고
죽어서도 활력이 넘치는 사람들이
나의 가족이다. 가족들이 있어
내가 살아왔다는 말
틀리지 않다. 부정하고 싶지도 않다.

다 가족들 덕분이다.
가족들이 있어 지금껏 살고 있고
무사히 살고 있고 아직도 보고 있다.
오늘 아침의 이 시체들을
파리한 낯빛이 되어 혼자 보고 있다.

# 배운 사람

나는 나의 아들이 죽었다고 배운다. 나는 나의 아내가 죽었다고 배운다. 나는 나의 어머니도 아버지도 죽었다고 배운다. 남는 것은 그럼 누군가? 나는 나의 피붙이들이 모두 죽었다고 배운다. 피붙이나 다름없는 친구들이 모조리 죽었다고 배운다. 남는 것은 그럼 누군가? 나와 상관없는 사람들은 살았다. 나와 상관없는 사람들은 모두 살아남아서 죽었다고 배운다. 나와 상관없는 너도 죽었다고 배운다. 나와 상관없는 그도 그의 형제도 그의 철천지원수도 모두 죽었다고 나는 배운다. 남는 것은 그럼 무언가? 나는 그것이 죽었다고 배운다. 나는 이것도 죽었다고 배운다. 바로 곁에서 죽었다고 배운다. 너무 멀리서 죽었다고 배운다. 남는 것은 그럼 무언가? 사람이 아니라고 배운다. 영혼도 아니라고 배운다. 나도 아니라고 배운다. 그럼 무언가? 무엇이 남아서 아직까지 배우고 있는가? 몰라서 배우고 있다. 계속 배우고 있다. 이 바보가.

# 혼자 울고 있다


나와 이것 사이에 불화가 들어가 있다. 우리와 그것 사이에도 불화가 들어가 있다. 당신과 무엇 사이에도 도리 없이 들어가 있는 불화를 당신은 어떻게 말하는가. 나는 너무 많이 말했다. 너무 많이 말하고 나와 이것은 있다. 둘 사이에 들어간 불화를 어떻게든 키우기 위해 있는 것 같다. 우리와 그것 사이에 삼백 년도 더 된 전쟁이 들어가듯이. 당신과 무엇 사이에 단 며칠도 견디기 힘든 증오와 외면이 끼어들듯이. 당신은 무엇과 무엇을 하며 지내는가. 무엇보다 무엇을 말하며 사는가. 당신은 말하면서 산다. 당신은 무엇을 무엇이라도 말하면서 산다. 무엇에 대해 무엇을 말하는가. 그것은 중요하지 않다. 우리에게 있는 그것도 중요하지는 않다. 그것은 말해지는 것이고 말해지는 순간 그것은 우리와 그것 사이를 왜곡하며 들쑤시며 돌아다닌다. 어디서 그것을 말할 것인가. 어떻게 그것을 다룰 것인가. 무엇보다 어떻게 그것이 그것대로 있는 것을 방관할 수 있는가. 우리는 방치할 수가 없다. 방조할 수도 없다. 끊임없이 우리를 침범하는 그것을 우리는 애써 무시하며 우리와 그것 사이를 이룬다. 사이사이에도 그것은 들어가 있다. 사이사이에도 우리는 즐겁지가 않다. 행복은 아주 멀다. 너무 멀어서 나와 이것 사이에도 충분히 들어가 있는 그것이 나와 이것을 흔든다. 내가 될 수 없는 이것과 이것이 될 수 없는 나를 어떻게든 흔들어 놓는 그것이 누구에게나 무엇에게나 있다는 사실을 어떻게 견딜까. 있다는 사실만 견디고 있다. 없다는 사실도 견디기 힘든 것은 마찬가지다. 있으니까 내가 말한다. 나와 이것 사이에 들어간 불화를. 우리와 그것 사이에 빠진 항구적인 평화를. 당신과 무엇이 외면하고 있는 그 지루한 협상을 어떻게든 중재하면서 당신이 있다. 무엇이 있다. 무엇보다 당신과 무엇이 그대와 다른 것이 누군가와 더 이상하고 낯선 것이 우리를 향해 온다. 우리와 그것을 부추기려고 온다. 당신과 무엇이 또 무엇과 당신이 되는지를 지켜보고 있다. 나와 이것은 싸우다가 지치다가 다른 무엇을 끼워 넣고 있다. 다른 무엇 때문에 산다. 다른 무엇이 있어서 당신이 그렇게도 괴로워하고 부끄러워하고 힘들어하는 당신과 무엇 사이에 파묻히는 것처럼. 나 역시 덧없이 함께 가는 이것이 우리와 그것 사이에 있는 것처럼 멀어 보이고 추워 보이고 외로워 보인다. 나와 이것은 가까이 갈수록 혼자 있다. 혼자 있는 것처럼 보인다. 엄청나게 많은 전쟁을 치른 퇴역 군인이 혼자 참석해서 울고 있다.

종전 기념탑이 내려다보고 있다.

## 산 자와 괴로운 자

산 자와 괴로운 자가 있다. 죽은 자와 없는 자가 있다. 할 말과 못 할 말이 있다. 아무래도 상관없는 너와 어떻게 해도 마찬가지인 너도 있다. 나도 있다. 그런 사람과 그렇지 못한 사람이 있다. 말이 안 되는 상황과 꾸역꾸역 소화시키는 가훈이 있다. 사훈이 있고 급훈이 있고 국훈도 있다더라. 그래서 있다. 아쉬운 대로 있다. 마지못해 있는 자와 부들부들 떨고 있는 자와 다음 말이 생각 안 나는 자가 한 공간에 있다. 억측이 난무하는 자가 있다. 짐작도 안 가는 자가 있다. 말도 많고 문도 많은 곳에서 나가지 못하는 자가 있다. 들어오지 못하는 자도 충분히 있다. 그래서 나갈 것인가 들어올 것인가. 어찌해도 욕먹는 자가 있다. 주로 배부른 자가 있다. 주로 배고픈 자도 있다. 너는 어느 편인가. 어느 편이고 싶은가. 그마저도 귀찮아서 있다. 괴롭게도 있고 슬프게도 있고 어설프게라도 한마디 한다. 참 안됐다고 말하고 있다. 참 잘됐다고 말하고 돌아서서 있다. 다 상관없는 일인데 있다. 없는 사람이 있다. 어지간히 함께 있었던 것 같다.

## 된다

나는 가끔 저곳이 된다. 저곳에 무엇이 있을까가 된다. 질문하다가 된다. 아무도 모르게 된다. 아무도 모르게 창문을 닫고 불을 끄다가 된다. 그래서 서 있다가 된다. 그렇다는 말이 된다. 어쩔 수 없다가 된다. 바닥이 된다. 기대를 걸다가 되고 내버려 두다가 된다. 이 장소 이 순간이 된다. 저수지 주변을 천천히 걷다가 된다. 두툼한 노인이 된다. 청년을 보다가 된다. 다시 된다. 맨 처음부터 조심스럽게 된다. 분노하게 된다. 미치게 된다. 바람을 넘어가다가 된다. 우습게도 된다. 격정에 차서 된다. 신념을 잃고 된다. 머리카락을 자르다가 된다. 도중에 된다. 도달할 수 없는 것이 된다. 자자손손 된다. 촛농이 심지를 덮다가 된다. 우연히 우연을 견디다가 된다. 춤을 추다가 된다. 쓰고 있다가 된다. 나를 모른다고 된다. 무덤밖에 모르는 날이 된다. 그들처럼 된다. 그들이 된다. 두 번 봐도 되고 한 번 봐도 된다. 그 영화는 아주 오래 생각하다가 된다. 그 인간도 아주 오래 망각하다가 된다. 언젠가는 된다. 인간이 우리라고 된다. 후회하다가 된다. 거기서도 된다. 아무도 모르게 된다. 모르다가 된다. 저곳에 가면.

# 신원

공항이 가까워서 비행기가 착륙 준비를 한다. 항구가 가까워서 열차는 속도를 죽이고 배는 이미 들어와 있다. 가져온 티켓을 확인하면서 들어갈 게이트를 찾는다. 한 군데가 아니다. 이리로 들어가면 이리로 가는 배. 저리로 들어가면 저리로 가는 비행기. 열차는 속도를 죽였다가 다시 살리면서 나간다. 비행기는 가라앉았다가 다시 떠오르면서 공항을 떠난다. 배는 일정에 맞춰 벌써 먼 바다에 있다. 어디로 가든 티켓은 잘 보관하고 있어야 한다. 분실하면 내가 무얼 타고 있었는지 증명할 길이 없다. 내가 분실될 때를 대비해서 검표원이 지나간다. 승무원이 지나가도 마찬가지다. 빈자리가 보이면 한 번 더 확인한다. 이 사람이 누구였는지를.

# 만년필

선물받은 만년필을 잃어버렸다. 어디서 어떻게 잃어버렸는지 모르겠지만 안 보인다. 방에서도 안 보이고 집에서도 안 보이고 누구의 집에서도 안 보이는 것일까? 그것은 길에 있는 것일까? 그것은 누군가의 호주머니 속에 있거나 침대 밑에 있는 것일까? 그것은 쓰레기로 쌓아 올린 어떤 산더미에 묻혀 있는 것일까? 선물받은 만년필이 안 보인다. 지금까지는 잃어버린 것이 분명한 만년필은 내 책상 서랍에도 없다. 대여섯 개는 되는 내 가방 안에도 없다. 아니면 강아지 꽁지가 물고 가서 어디 감춰 둔 것일까? 꼭지가 돌 일은 아니지만 선물받은 만년필은 지금까지 분실된 상태다. 내가 잃어버린 상태다. 내가 그것을 그것의 존재를 잊어버린다 해도 변함없는 상태로 그것은 안 보인다. 그것은 분해된 것일까? 그것은 상부와 하부와 그리고 펜촉으로 분리된 상태일까? 아무려면 어떤가? 그것은 안 보이는데, 안 보이는 상태로 그것은 있다. 어딘가에 있다. 없다면 없는 대로 생각나는 장소가 더 있을 것이다. 거기가 어딜까? 만년필이 안 보이는 장소는 많다. 어디 한 군데가 아니라는 것만 안다. 그곳이 어딜까?

# 파리의 기억

　나는 파리에 한 번 가 본 적이 있고 갈 때마다 에펠탑에 올라간다. 파리는 단 한 번 나를 감동시켰고 매번 그 인상을 바꾼다. 한 번은 강렬했다. 한 번은 기묘했고 한 번은 그저 그랬다. 또 한 번은 식상하다 못해 지겨웠고 마지막에 갔을 때는 두 번 다시 못 올 데라는 생각을 파리에서 했다. 파리는 그만큼 얼굴이 많다. 감춘 얼굴도 많고 드러내는 얼굴도 많으며 그때마다 표정이 바뀌는 도시에서 나는 단 하룻밤을 보내고 왔다. 이틀째 되는 날 다른 도시로 넘어가기 전에 내가 언제 다시 이 도시에 올까 상념에 잠기는 시간을 작년에도 가졌고 재작년에도 가졌던 것 같다. 대체 너는 파리가 몇 번째니? 누가 묻는다면 한 번으로 족하지 않을까? 두 번이면 충분하고 세 번이면 이미 많지. 그러고 보면 헤아리기도 귀찮을 정도로 많은 사람들이 파리에 와 있다. 매번 적지 않은 사람들이 파리를 떠나고 있다. 저들은 몇 번째일까? 이 도시에서 이 도시를 떠나며 이 도시에 대해 내가 말할 수 있는 날은 앞으로도 많을 테지만 단 한 번 파리를 방문한 사람으로서 파리의 기억을 남긴다. 갈 때마다 달라지는 이 도시를 설명할 수 있는 유일한 방문이 끝나고 있다. 그때가 작년이고 올해는 언제일까? 지겨우면 또 갈지도 모른다. 그 파리를 찾으러.

# 고향 앞으로

아직 일어나지 않은 일들에 대해 고민하고 있다. 아직 일어나지 않았지만 어차피 일어날 일들에 대해 고민하고 있다. 가령 내가 죽는다는 사실. 내가 죽기 전까지 내가 죽는 것에 대해 고민할 거라는 사실. 고민하다가 별다른 대안도 내놓지 못한 채 죽어 갈 거라는 사실. 대안이 없으니 대책 없이 죽고 대책 없이 죽어서는 대책 없이 묻히거나 타들어 가거나 떠내려갈 거라는 사실. 죽는 방식은 여러 가지지만 죽음 자체는 온전히 하나라는 사실. 그 사실을 다 알고서도 고민하고 또 고민하면서 하루가 간다. 한 달이 가고 일 년이 가고 일 년이 몇 번이나 가 버렸는지 헤아리기도 귀찮을 때 아직 일어나지 않은 일들이 차곡차곡 일어나고 있다는 사실. 그중의 하나로 죽음을 예로 들었지만 아직 일어나지 않았다. 아직 일어나지 않았지만 언젠가는 일어날 그 일을 따라 얼마나 많은 지면을 허비하면서 달려왔는가. 살아왔는가. 죽어 왔는가.

아직 일어나지 않은 일이 일어나고 있다. 이 말을 하고 있는 지금도 마찬가지다. 아직 일어나지 않은 말을 하고 있고 쓰고 있고 이미 써지고 있는 상태에서도 아직 일어나지 않은 말이 계속해서 달려와서 착착 붙는다. 꼬리에 꼬리를 붙이면서 몸체를 이루는 말들. 그 말이 언제까지 달려와서 언제까지 따라붙을지 알 수 없는 상태를 계속 지껄이는 삶. 지쳤다. 혹은 지겹다. 혹은 지루하다. 혹은 지리하다 못해 지린내가 날 정도로 오래 말라붙은 골목길의 냄새를 맡고 또 맡으면서 여러 동네를 산책했다. 내가 살아왔던 모든 동네가 비슷한 냄새를 풍기고 있다. 비슷한 냄새에 찌들어 있고 비슷한 냄새를 따라서 나는 한 번 더 거주지를 옮긴다. 여행지를 바꾸듯 별다른 결심도 없이 옮겨 온 동네. 옮겨 가는 동네. 그 동네의 하나로 매일같이 공사 소리가 끊이지 않는 이 동네가 있고 이 동네를 떠나면 다른 동네에서도 들릴 것이 분명한 공사 소리를 들으면서 완성되는 건물을 매번 옆에 두고 산다. 곁에 끼고 사는 삶이 지겹다 못해 익숙해질 만도 한데 그 소리는 매번 새롭다. 매번 괴롭고 매번 괴롭게 만드는 그 소리의 동반자로 내가 살고 있다.

아직 살고 있다. 고향에는 홀어머니가 살고 있다. 말하고 싶지 않다. 고향에는 내가 두고 온 친구들과 골목길이 살고 있다. 역시 말하고 싶지 않다. 고향에는 이것 말고도 내가 두고 오거나 버리고 오거나 팽개치고 온 것이 너무나 많은데, 너무나 많은 만큼 할 말이 너무 많아서 아예 생략

해 버리고 싶은 구석이 지금도 많다. 구석구석 말하고 싶지 않은 일들만 있다. 구석구석 그 일들이 하나같이 내 삶을 방해하고 훼손해 왔다. 없는 것이 차라리 나은 고향. 없었다면 나도 태어나지 않았을 그 고향의 그 골목의 그 구석구석을 차지하고 있는 사람들이 지금도 살고 있거나 일부는 죽었거나 일부는 행방이 묘연한 채로 다른 동네를 떠돌고 있을 것이다. 모조리 죽을 것이다. 그들 또한 아직 일어나지 않은 일 중 하나로 죽음을 맞이할 것이다. 일부는 이미 맞이했다. 다만 내가 모를 뿐이다. 그 소식을.

고향에서 소식이 들려오는 것이 두렵다. 어떤 소식이든 좋지 않은 소식이다. 좋은 소식은 나와 상관없는 사람들의 일. 그래서 삭제한다. 고향에 대한 모든 말을 했다가 말았다가 아예 취소하는 방식으로 고향을 둔다. 내 고향은 여기서 멀고 어떻게든 멀고 어떻게든 가까울 수 없는 곳으로 가고 있다고. 고향은 움직인다. 고향도 움직인다. 내가 움직이듯이 움직여 가는 그곳이 영영 더 멀어지기를 바라면서 살고 있다. 나라는 고향의 한 결과물이 뿌리를 부정하면서 탄생하는 말에 집착할 수밖에 없는 이유도 다 고향에서 비롯된 것이다. 그걸 말하려고 이 글을 낭비하는 일은 앞으로도 없을 것이다. 고향은 이걸로 충분하다. 충분히 말했다. 더 말하면 다시 불행해진다.

　더 불행해지기 전에 해야 할 일이 있다. 하고 싶은 일도 있고 하지 말아야 할 일도 있겠지만, 아직은 일어나지 않은 일. 아직도 일어나지 않은 일 중의 하나로 다시 고향을 떠나는 일이 남아 있다. 이미 떠나왔는데 한 번 더 떠나는 일이 남아 있다. 한 번 더 떠날 필요도 없이 영영 떠나는 일이 남아 있다. 너무 떠나와서 떠나는 일조차 잊어버린 고향을 더는 생각하지 않아도 되는 상태를 한 번 더 떠나면 완전히 떠날 수 있을까. 이 고향을. 이 고향이란 생각을. 몇 번을 망각해도 고향은 고향이다. 고향은 몇 번을 벗어나도 고향이다. 고향은 고향이 아닌 곳이 없는 곳으로 이곳을 만든다. 이곳은 고향이다. 떠나와도 이곳은 고향이다. 저곳도 고향이다. 고향 생각이 없는 곳에서 어쩌다 고향을 완전히 지워 버렸다 생각하는 순간에도 고향은 고향이라고 고개를 쳐든다. 고향 앞으로 나를 초대하고 있다. 언제 내려오느냐고.

.

## 나는 원했다

나는 원했다. 무얼 원했고 어떻게 원했고 얼마나 원했는지 다 잊어버렸지만 내가 원했다는 사실만큼은 변하지 않고 원했다. 원하는 것을 갖기 위해서가 아니라 원하는 것을 원하기 위해 내가 있었고 네가 있었고 누구라도 있었을 테지만 아무도 없더라도 나는 원했다. 아무도 없는 것. 그것이 네가 원하는 것이냐 묻는다면 그렇지 않다고 말하면서 원했다. 그럴 수는 없다고 말하면서 원했다. 원하지 않아도 원하는 것을 원하지 않고서는 결코 원할 수 없는 것을 함께 원했다. 나는 원했다. 그것이 무엇이냐고 원했고 그것이 어떻게 가능하냐고 원했고 얼마든지 원했다. 그래서 행복한가? 그래서 망각했다. 그래서 편안한가? 그래서 쉬고 있다. 내가 원하는 것을. 얼마든지 원하는 것을. 어떻게든 원하는 것을. 왜 원하는가 묻고 있는 것을. 묻다가 정말로 파묻어 버리는 것을. 그것은 땅속에 없다. 지상에도 없다. 물속에도 없고 어디에도 없다. 어디에도 없는 그것을 웃다가 울다가 그치다가 말다가 끝내는 원하는 것. 원해서 더 원하고 더 원해서 올라가는 연기를. 먼지를. 모래를. 그리고 바윗덩어리를 더 크게 더 크게 그려 넣으면서 나는 원했다. 하늘에 혹성이 떠 있는 날에도 원했다. 하늘에서 모든 행성이 지워진 날에도 원했다. 빛은 무겁고 모든 것을 쓸어가 버린다. 어둠과 함께 그것을 원했다. 그것이 네가 원하는 것이냐고 묻는다면 나는 다시 원하겠다. 그것이 무엇이냐고. 그것이 어떻게 가능하냐고. 그리고 얼마든지 물어보시라고. 내가 원하는 것을. 어쩌면 당신이 원하는 것을.

# 원산지

겨울이 되었다가 여름이 되었다가 한 번도 울지 않는 사람이 되었다. 두 번 다시 울 수 없는 사람이 되었다. 비결이 뭐냐고 물으니까 웃는다. 나처럼 따라해 보라고 웃는다. 따라하는 사람이 없다. 따라하는 사람이 생겼다. 표정만 바꿔도 그 사람이 될 수 있다. 표정만 바꾼다고 그 사람이 되는 것은 아니다. 둘 사이에서 따라했다. 둘 사이에서 겨울이 되었다가 여름이 되었다가 울지 않는 사람이 되었다. 두 번 다시 울 수 없는 사람도 될 것 같다. 그를 따라하는 사람이 생겼다. 그를 따라하지 않는 사람은 더 많다. 그를 따라하려고 겨울이 되었다가 여름이 되었다가 얼음이 되는 사람도. 얼음이 되지 못하는 사람도 웃는다. 원산지가 어디냐고 물으니까 웃는다. 멀리서 왔다고 한다. 그래, 원산지는 멀다. 가까운 곳에선 나지 않는다. 따라하는 사람도. 따라하지 않는 사람도 웃는다. 그 웃음을 팔러 간다.

3부

## 계속되는 마지막

그렇게 많은 사람을 죽이고도 그는 죽었고
그렇게 많은 사람을 살리고도 그는 죽었다.
아무런 차이도 없는 이 죽음을 변별하기 위해
역사가 끼어든다. 윤리라고 해도 좋다.
의로운 삶. 외로운 삶. 그리고 계속되는 죽음.
계속되는 마지막.

청중들은 지루해하고 있다.
관객들도 지루해하고 있다.
독자들도 미친 듯이 다음 결말을 기다리지 않고
서성이게 되었다. 신간 서적 앞에서
곧 나올 책의 목록을 눈여겨보지 않게 되었다.

그렇게 우리는 다음 호를 손에 넣었다.
이듬해 나올 창간호도 미리 넣었다.
각자의 호주머니 속에서
무엇이든 꺼내고 도로 집어넣는다.
그렇게 많은 책을 사고도.

## 필자

　필자가 되어 간다. 필자가 다 되었다. 그래서 쓰고 있는 필자는 필자에 대해 이렇게 말한다. 이렇게 말하면서 쓴다. 필자는 필자에도 없는 나를 대신하고 있다. 그러면서 내가 되어 간다. 내가 다 되었다고 말하는 순간 필자는 쓰기를 마치고 이름을 적는다. 맨 하단이나 맨 상단에 들어가는 그 이름이 필자다. 필자는 내 이름을 적고 한 번 더 읽어 본다. 필자의 글을. 필자가 필요로 하는 글을 필자에 맞게 고치고 다듬고 발표하거나 버린다. 둘 중 하나다. 필자의 글이 아니면 필자가 될 수 없는 글. 필자가 되지 못해 괴로운 글을 그동안 얼마나 버리면서 써 왔던가. 필자는 모른다. 필자가 된 이상 필자밖에 모르는 필자의 글을 오늘 오랜만에 다시 읽었다. 과연 필자답게 썼다. 과연 필자답게 발표한 글을 다른 필자들이 좋아할까. 그건 모를 일이다. 필자는 몰라야 한다. 알아 봤자 하등 좋을 것이 없는 필자의 글을 평가하는 여러 필자의 글을 다시 읽고 분개한다. 과연 필자답다. 겨우 한 사람 필자 같지 않은 필자가 남겨 놓은 악담에 분개하고 치를 떤다. 과연 필자답다. 겨우 한 사람 필자가 되려고 애쓰는 또 다른 필자의 무식한 용기에 좌절하고 절망한다. 과연 필자답게 체념한다. 단 한 사람의 무성의에도 전 세계가 외면하는 것으로 받아들이는 필자의 글을 어느 필자인들 좋아하겠는가. 한두 명은 좋아한다. 필자를 제외하고 한 사람만 더 있어도 글을 쓸 것 같다. 계속해서 쓸 것 같다. 계속해서 내가 필요할 것 같다. 계속해서 내가 등장하는 이유도 필자의 글을 읽어 보면 안다. 나 말고는 누구도 필요로 하지 않는 필자의 글을 한 번 더 읽고 한 번 더 고친다. 한 번만 더 다듬는다면 나는 정말 필자가 될 것 같다. 팔자에도 없는 필자의 글이 끝나 가고 있다. 내 이름을 적는 일만 남았다. 맨 상단이나 맨 하단에 필자를 밝힌다.

## 종소리

문이 열리고 닫히면서 종이 울린다. 문이 열리고 닫히면서 종이 울리는 카페에 있다. 방금 전에 카페 주인이 문을 열고 나갔다. 종이 울렸다. 문이 닫히면서 한 번 더 울렸다. 종은 방울 소리를 낸다. 맑은 쇠의 방울 소리를 낸다. 쇠 방울 소리를 내는 종이 다시 울리면 문이 열리는 것이다. 그리고 다시 울리면 문이 닫히는 것이다. 문은 열리고 닫힌다. 좀 전에 나갔던 주인이 다시 들어왔다. 쇠 방울 소리가 다시 울렸다. 열리면서 울리고 닫히면서 한 번 더 울렸다. 그 소리만 들으면서 삼십 분째 있다. 아무것도 쓰지 못하고 있다.

# 기술자

일어날 일은 이미 다 일어났는데 아직도 망설이는 이유. 어떤 일이 일어날까 망설이고 서성이다 돌아가서는 도로 일어나는 이유. 누웠기 때문에 일어나는 이유와 다르지 않은 이유. 그 이유 때문에 누군가는 한 권의 책을 냈고 또 누군가는 그 한 권의 책에 대해 썼고 또 누군가는 둘 다를 읽지 않고 판단한다. 둘 다 짐작이 간다. 어떤 이유가 있으리라 짐작하면서 책을 덮었다. 읽지도 않은 책을 덮으면서 고맙다는 문장을 썼다. 읽지도 않은 해설과 서평을 읽으면서 괴로웠다고 썼다. 부러웠다고 고쳐 썼다. 부러운 이유야 한두 가지가 아니겠지만 부럽지 않은 이유만큼 많을까. 둘 다 많다. 둘 다 많은 감정을 통과하면서 지금까지 책을 내고 있고 쓰고 있고 읽고 있고 읽다가 말고 있고 읽지도 않고 있다. 이미 다 일어난 일들이다. 그러니 더는 놀랄 것도 없는 책을 다시 펼치면서 처음 보는 사람처럼 눈빛을 반짝이는 이유. 어두침침한 노안이 오는 이유와 다를 바 없는 저 눈빛을 잘 헤아려 보면 왜 사는지가 궁금해진다. 왜 사니? 일어날 일은 이미 다 일어났는데 일어나지 않은 일도 일어나려고 발버둥치는 일을 그만두고 있는데 그만두면서도 일어나려는 그 일을 애써 목격하다가 주목하다가 질끈

눈을 감아 버렸다. 0.5초 사이에 눈빛이 바뀐 것이다. 부러워하는 눈빛이 부드러운 눈빛으로 부드럽다 못해 부서지는 눈빛으로 빛깔을 옮겨 갈 때 옮겨 가서 다시 0.5초가량이 흘렀을 때 창문은 하늘을 바꾸었다. 하늘은 구름을 바꾸었고 일일이 그것을 다 기억하느라 나는 생각을 바꾸었다. 너도 참 애쓰는구나. 그런 생각을 하면서 내게 보낸 친필 사인을 다시 보았다. 존경하는, 으로 시작하여 드립니다, 로 끝나는 그 사이에 빠져 있는 말들은 이 책에 쓰인 글자들보다 많다. 당연히 많고 얼마나 많은지 가늠할 수 없는 그 말에 따라서 나에 대한 그의 거짓 존경은 진실이 될 수도 있고 진실이 되다 말 수도 있고 진실이 되지 못해 진실로 거짓이 될 수도 있지만, 어차피 그것은 진술 아닌가. 진술이라면 진술 아닌 사람을 찾아서 진술 아닌 말을 해야 하고 들어야 하고 그걸로 진술 아닌 무언가를 이루는 사이여야겠지만 어차피 우리는 진술자들 아닌가. 기술자들 아닌가. 기술이 지나쳐서 손목을 잘라 내도 기술은 어디 가지 않는다. 기술은 기술로 남아서 회자된다. 이래 봬도 저 사람이 저 기술을 쓴 사람이라고. 저 기술이 보이는가. 전설처럼 남아서 떠도는 저 기술을 확인하려고 우르르 몰려

온 사람들이 우르르 몰려와서 우르르 몰려가는 일을 더는 기대할 수 없는 곳에도 변함없이 기술이 있다. 그 많은 사람들을 포용하고도 남을 만큼 넓은 광장을 다 덮고도 남을 만큼 넓은 하늘을 다 채우고도 남을 만큼 많은 일들을 다 기술하고 있다. 누가? 그걸 안다면 저 서명에서 저렇게 오래 머무를 필요도 없었겠지만, 머무른다. 누가? 누구의 눈길이 그토록 오래 머무르는지 나의 기술은 알고도 모르는 척하는 기술을 모른다. 정말 모른다. 모르니까 기술한다. 이 말이 누구의 기술이 되더라도 기술은 들어갔고 이미 일어났다. 앞으로도 일어날 것이다. 이미 일어난 기술이 그렇게 말하고 있다.

# 파티에 가는 일기

파티에 가는 일기를 쓰려면 파티에 갔다 와야 한다. 파티는 아직 가지도 않았다. 파티는 아직 열리지도 않았고 일 년을 기다려야 열린다. 일 년 후의 파티. 일 년 전의 지금. 살아 있는 내가 살아 있을지도 모를 일 년 후의 내가 갈지도 모를 파티에 대해 일기를 쓴다. 일기를 쓰고 있다. 파티는 열릴 것이다. 열리지 않아도 상관없으니까 열리는 파티에는 초대받은 사람들이 올 것이고 초대받지 않았는데도 오는 사람들이 있을 것이고 초대받고서도 오지 않는 사람들이 있을 것이다. 파티는 이 모든 사람들을 합하고 뒤섞어서 다시 파티다. 오는 사람과 오지 않는 사람. 초대받은 사람과 초대받지 않은 사람.

파티는 열리는 순간 닫힌다. 파티가 되는 것들과 파티가 아닌 것들로 자연스럽게 나누어지는 파티의 일부가 되기 위해 나는 파티에 간다. 가지 않아도 파티의 일부가 되기는 마찬가지다. 왜냐하면 나는 일 년 전에 초대받은 사람이고 직전까지 그러한 초대가 유효했던 사람이고 그러므로 초대받은 내가 가지 않는 것 자체가 이 파티의 일부다. 나는 파티에 가지 않음으로써 파티의 일원이 된다. 그럴 수도 있다. 그러나 나는 파티에 간다. 지겹더라도 가고 꼴도 보기 싫은 인간들이 섞여 있어도 가고 아무런 흥미를 가질 만한 일이 없을 때도 나는 파티에 갔다. 갔다 와서는 대체로 후회하는 일기를 쓰지만 이번에는 다를 것이라는 기대. 일찌감치 접었다. 단지 나는 가고 있을 뿐이다. 파티에 가는 일기를 쓰려고. 파티에 갔다 와서 남기는 일기를 써먹으려고.

파티에는 모두 스물다섯 명이 와 있다. 나를 포함하여 이상하게 늙은 사람들이거나 늙어 가는 사람들이거나 늙기를 포기하고 죽어 버릴 사람들이 도합 스물다섯 명으로 정해지고 정해진 대로 정해진 위치에서 각자의 늙음과 늙어 감과 늙을 수 없음을 각자의 포즈로 뽐내고 있다. 늙는다는 것은 과시할 것은 못 되지만 뽐낼 수는 있다. 스타일에 힘을 주면서 혹은 힘을 빼면서. 값비싼 옷과 향수로 치장하면서 혹은 정반대의 옷과 냄새로 치장하면서. 각자의 방식대로 각자의 신념을 실천하는 늙음. 늙어 감. 그리고 늙어 갈 수 없음이 한꺼번에 모여 있다. 모두 스물다섯 명. 인원은 이 정도로 충분해 보인다. 더 와도 상관없고 더 오지 않아도 상관없는 참석 인원은 스물다섯에 고정되어 있다.

스물다섯 명에 대해 생각한다. 스물다섯 개의 얼굴에 대해서도 생각한다. 스물다섯 명이 어쩌다가 가지게 된 얼굴은 스물다섯이라는 숫자로 한정될 수 없다. 만족할 수도 없다. 스물다섯 명 각각이 적게는 서너 개씩 많게는 헤아리기 곤란할 정도로 많은 얼굴을 가지고 있고 들고 다니고 있고 전시되기도 하면서 늙어 간다. 늙어 있다. 누군가는 그 상태로 늙어 갈 수 없음을 강조하면서 죽을 것이다. 그 많은 얼굴 중 나는 일부를 만나면서 살아왔다. 일부를 마주하면서 얘기하고 일부를 외면하면서 떠나왔고 일부를 망각하면서 너를 기억한다. 너는 한 사람이 아니다. 적어도 너는 하나의 얼굴이 아니다. 그럴 수가 없기 때문에 너는 더 많은 얼굴을 들고 더 많은 얼굴을 향해 더 많은 얼굴을 감추면서 말하는 것이다. 제발 잊어 달라고. 혹은 기억해 달라고. 혹은 내버려 달라고. 붙잡아 달라고.

나는 붙잡으면서 너를 놓쳤다. 너를 놓치면서 다른 얼굴을 붙잡았다. 안 보면 더 좋았을 얼굴. 봤더라도 못 알아봤으면 더 좋았을 얼굴. 그 얼굴을 만나러 간다. 네가 아니기를 바라면서 파티에 간다. 파티에 가면 네가 있다. 내가 모르는 사람이 와서 마치 오래전의 친구처럼 반갑게 인사를 나누는 것이다. 나 또한 자연스럽게 인사를 나눌 것이다. 만약을 대비하여 들고 다니는 얼굴은 언제든지 또 갈아 끼

위질 준비가 되어 있다. 그럴 때를 대비하여 나 역시 여분의 얼굴을 언제나 지참물처럼 들고 다니는 것이다. 여권 하나에 여분의 사진 몇 장이 필요하듯이 나 하나에 여분의 얼굴이 몇 개나 따라다니는지 나는 모른다. 당신은 아는가? 누구도 모를 것이다. 다만 여기에 모인 얼굴이 현재로선 스물다섯이라는 사실. 최소 스물다섯의 인간이 얼굴을 들고 다닌다는 사실. 고개를 숙여도 얼굴은 얼굴이니까

　더 빳빳이 들고 스물다섯을 맞자. 나까지 포함해서 스물다섯의 인간이 스물다섯의 인간을 상대하면서 파티는 늙어 간다. 이미 늙고 있다. 한 해가 저물듯이 꼬박꼬박 저물고 있는 얼굴을 내보내고 있다. 이대로 늙을 수 없는 얼굴이 이대로 늙어 버린 얼굴을 향해 마치 먼 과거의 일처럼 안녕, 하고 인사한다. 안녕, 하고 그가 지나갔다. 그게 누구였을까? 궁금하기도 전에 다른 얼굴과 인사한다. 안녕, 하고 고개를 내민다.

# 등장인물

나는 물 한 잔이라도 원해야 한다. 물 한 잔이 없으면 없다는 사실을 불평이라도 해야 한다. 불평이 불가능한 곳에서는 불평할 수 없는 그것을 불평해야 한다. 불평할 수 없는 환경에서도 불편하게 불편하게 불평을 원하는 사람. 그것이 나의 성격이라면 나의 성격은 어디서도 드러난다. 말 한마디 하지 않고 묵묵히 일만 하고 있는 곳에서도 심지어 내가 누군지도 모르는 많은 사람들로 둘러싸인 객석에서도 내 침묵은 조용히 나의 성격을 전시한다. 너는 한시도 가만있지를 못하는구나. 나는 다만 숨만 들이쉬고 내쉬었을 뿐인데도 그 호흡조차 못마땅한 사람이 옆에 앉아 있는 광경이 나의 성격을 대변한다. 나는 이런 사람을 사귀는 사람이다. 나는 저런 성격과 어울리는 성격이다. 그 성격의 소유자가 오늘은 아무 일도 하지 않고 자기 성질을 드러낸다. 태업도 나의 성격이고 숨길 수 없는 나의 성격은 오늘도 무슨 일인가를 한다. 그 일이 끝날 때까지 나의 성격은 제 일을 마치지 못하고 있는 나를 가련하게 쳐다본다. 한심하게 바라본다. 우습게도 외면하고 있다. 웃기게도 나를 책망하는 나의 성격은 언제나 몇 가지 일을 한다. 그중에서 또 몇 가지는 나의 성격과 어울리지 않아서 끝내 그만둔다. 내 옆에 앉아 있던 까탈스러운 그 사람의 성격도 원망하거나 나무랄 것이 못 된다. 제 성격대로 왔다가 제 성격대로 돌아간 그를 그리워하는 것도 나의 성격. 잊어버리려고 하는 것도 나의 성격. 못 잊어서 너저분하게 몇 번의 문자와 통화를 시도했던 것도 나의 어쩔 수 없는 성격이지만, 성격은 함부로 말할 것이 못 된다. 나는 오늘 다른 사람을 만났고 영화관에 갔다. 영화는 시작부터 결말이 보인다. 좋은 영화라고 생각하고 좋은 영화라고 떠들고 있는 너를 오늘부터 내가 사귀어야 하나. 사귄다면 결말이 빤한 이 사랑을 어떻게 끌고 가야 할지 고민하는 것도 나의 성격. 결말이 빤한 곳에서 시작하는 이 사랑도 좋은 소설의 좋은 이야깃거리가 되려고 있는 것이다. 그렇게 믿으면서도 회의하는 자의 얼굴에서 사람 좋은 웃음이 나온다. 이 또한 나의 성격이 만들어 낸 얼굴이므로 참자. 참지 말자고 다짐하는 얼굴에서도 웃음이 나온다. 억지웃음을 뚫고 나오는 헛웃음과 비웃음이 진실로 웃음이 될 때까지 연습하는 성격. 그것이 마음에 든다면 이 사람은 나의 성격을 떠나지 못하리라. 내가 떠날 때까지 떠나지 못할 나의 성격 옆에서 무던히도 마음고생할 것을 생각하니 웃음이 난다. 웃음이라도 나니까 이 늦은 시간까지 시간을 낭비했다는 생각도 나와는 완전히 다른 남을 만났다는 생각도 잠시 위안이 된다. 위안받으려고 누군가는 영화를 볼 것이고 소설을 읽을 것이고 시집도 들고 다니면서 골치 아프게 위안을 받는 자세를 취할지도 모른다. 한 명의 독자라도 움직였다면 한 명의 등장인물이라도 보람을 느끼겠지만 시집에 등장하는 온갖 사물들은 그따위 위로와는 거리가 먼 곳에서 보람을 느끼고 얌전히 죽어 있다. 살아 있다면 저자의 뜻과 무관하게 한 번 더 그의 성격을 드러내리라. 그러고 보면 내 앞에 놓인 책 한 권도 지우개 하나도 태우다 만 담배꽁초 하나도 창틀에 낀 먼지 한 점도 모두 내 성격의 일부다. 내 성격의 일부를 가감 없이 드러내려고 그렇게도 말을 아끼고 있다. 말을 고르고 있고 마침내 단 한 사람을 만족시키려고 편지 같은 글을 쓴다. 일기 같은 글도 쓴다. 수없이 쓴 다음에 그것을 보낸다. 물론 읽는 사람 멋대로 판단할 그 말을 사랑할 사람은 단 한 명이어야 한다. 단 한 명이라도 내 말을 이해해 주기를 바란다. 오해해 줘도 어쩔 수 없다. 사랑만 하게 해 달라. 그 말을 하려고 여기까지 와서 기다리고 있는 한 사람의 얼굴이 어지간히 슬퍼 보였으면 좋겠다. 같이 영화를 봤던 그는 잠자코 궁리하다가 이런 말을 꺼냈다. 오늘은 그만 들어가는 게 좋겠어요. 많이 피곤해 보이세요. 그러고는 조용히 일어나서 퇴장하는 것이었다.

# 약속

　나는 과거를 회상하고 있다. 지키지 못한 약속을 회상하고 있다. 우리는 그날 만나기로 되어 있었다. 만나서 앞으로 일어날지도 모르는 일에 대해서 의논하기로 되어 있었다. 앞으로 일어날지도 모르는 일은 무궁무진하지만 몇 가지만 나열해도 머리가 아파 오는 일들이다. 가령 우리 둘이 결혼을 하는 일. 결혼을 해서 아이를 낳고 아이를 기르고 아이를 기르다가 도중에 포기해 버리는 일. 아이도 포기하고 두 사람 사이도 포기하고 각자 늙어 가는 일. 각자 늙어 가다가 각자 다른 짝을 만나 똑같은 일을 되풀이하는 일. 되풀이하면서 생식하는 능력만 감퇴하는 일. 많아야 서너 번을 넘기 힘든 저 일을 앞으로도 되풀이할 것이냐고 묻는다면 세상을 다 산 듯한 표정으로 그래도 좋고 그러지 않아도 좋다고 답변하는 일. 열 번은 아니더라도 아홉 번은 채워야 제대로 했다고 할 수 있는 결혼을 무한정 되풀이할 만큼 인생이 무한하지도 않으므로 서너 번만 해도 충분히 수고했다는 말과 애썼다는 말과 안됐다는 말을 부끄럽지 않게 들을 수 있지 않을까. 둘 중 한 사람은 이런 말을 했을 것이고 둘 중 한 사람은 이런 말을 들었을 것이고 호응이 어땠느냐에 따라 우리 둘은 결혼할 수도 있고 결혼하지 못할 수도 있고 결혼하더라도 아이를 가지지 않을 수도 있고 가져도 상관없는 사이가 될 수도 있고 설사 헤어지지 않더라도 헤어진 것만 못하게 살 수도 있고 죽을 수도 있고 어느 쪽이 먼저 죽든 과거를 가질 것이고 미래는 없어질 것이고 남아 있는 현재만 해도 지긋지긋하고 몸서리쳐지고 그럼에도 시간은 간다. 시간은 간다. 네가 죽더라도 가고 내가 죽더라도 가고 공평무사하게 가는 시간을 그럼에도 두 번 다시 되돌리고 싶지 않은 시간을 때가 되면 지울 것이고 지우지 못하더라도 덜 억울한 표정이었으면 좋겠고 더 억울한 표정으로 죽더라도 눈은 감자고 다짐할 것이고 다짐하지 못하더라도 힘이 없어서 눈을 감는다. 힘이 있었으면 이렇게 죽지도 않았을 테지만 죽음은 온다. 죽음은 오더라도 가지는 않고 가더라도 모조리 가져가 버리고 남김없이 데려가 버리고 그래서 온 자리 그대로 머물러 있는 것처럼 보이지만 사실은 오자마자 사라져 버리는 것. 한 사람과 함께 혹은 두 사람과 함께 혹은 수백만 명과 함께 사라지더라도 기념비 하나 남기지 않는 시간을 원망해서라도 남겨 놓은 기념비에는 대체로 있어도 그만 없어도 그만인 글귀가 새겨지겠지만 그래도 있으니까 편히 잠들고 영원히 잠들고 깨어나지 않아야 마땅한 순리를 의지와 상관없이 뒤따르겠지만 그 전에 먼저 당면한 과제는 우리 둘이 계속 만날 것인가 말 것인가를 결정하는 일이고 그 전에 먼저 만나기로 한 약속을 상기하는 일이고 지키는 일이고 그래서 지켜야 마땅하겠지만 내게는 의지가 없다. 과거를 회상할 의지도 없는 내게 그 일을 상기시켜 준 것도 그래서 당신이다. 우연히 양손에 아이 둘을 끼고 걸어가는 당신을 보았고 아빠가 되는 사람은 안 보였고 그래서 편안하게 말을 붙였다. 저 기억하시겠어요? 기억하다마다요. 그날 우리가 만나기로 한 약속을 잊어 먹은 사람인데. 그리고 총총걸음을 옮겨 가는 사람이 십 년 전의 그 사람인가 싶어 다시 돌려세우고 보면 아니다. 그 사람이 아니다. 이미 딴 사람이 되어 나를 노려보고 있다. 대체 누구시냐는 표정이다.

## 다시 밤이다

　시간이 지나야 시간이다. 밤이 지나야 밤인가? 그건 아니겠지만 다시 밤이다. 시간이 지나야 시간이라고 말한 사람을 만나러 간다. 시간이 지나고 있다. 밤이 오고 있고 밤이 가고 있는 밤을 지나서 도착한 사람. 그가 내게 뭐라고 말했다. 시간이 있느냐고 물었을 것이다. 시간이 없다고 대답했을 것이다. 그럼에도 당신을 만나러 온 사람이 있을 것이라고 말했다. 당신은 시간이 필요하다고 말했다. 시간을 구걸한다고도 말했다. 빌려줄 수 있느냐고 물었을 때 나는 아무 대답도 하지 않고 시간을 봤다. 시각이나 시계가 아니라 정확히 시간을 봤다. 9시를 지나가고 있다. 나는 10시에 당도했다. 나는 11시에 떠날 거라고 생각했다. 말하지 않았지만 12시에도 떠날 거라고 생각했다. 아직 일어나지를 못하고 있는 밤. 내일 밤은 언제 올까? 내일 밤에는 올까? 온다면 어떤 완장을 차고 와야 어울리는 밤일까? 어울리는 밤에는 어울리는 노래를 부르고 어울리는 시간을 보내고 어울리는 사람들과 마스크를 쓰고 어울린다고 칭찬해 주고 취할 때까지 취해서 어울리는 사람들을 다 보냈다. 뒷모습이 참으로 긴 밤. 너무 쓸쓸해서 긴 밤. 아직도 쓸쓸해서 가지 못한 밤. 오지도 못하는 밤을 어떻게 설명해야 누렇게 뜨는 달을 누렇게 뜨는 달이라고 고쳐 말하고 정정해서도 말하고 어떻게 해서도 말할 테지만 지금은 6시. 그동안 어디서 어떻게 누구와 무엇을 왜 했는지 다 말해 봤자 다시 밤이다. 밤이 가고 있다. 해가 뜨고 있는가? 여름이면 가능하고 겨울이면 불가능한 밤이 가고 있다. 나는 오래 생각하지 못한다. 밤이 가고 나서야 생각하는 사람을 생각하지 못한다. 같은 대답을 하고 있다. 같은 담배를 태우고 있다. 죽은 담배와 살아 있는 담배와 채 피우지도 못한 담배가 왜 불가능한 담배인지 생각하지 못한다. 담배는 시간을 잡아먹는다. 담배는 시간을 태워 먹는다. 담배는 다 타고 나서도 담배다. 꽁초라는 말에도 시간이 필요하다. 시간이 필요한 말에도 꽁초가 필요하다. 꽁초 없이는 누구도 담배를 생각하지 못할 거라는 생각은 어느 길바닥에서 나온 생각인가? 일어나 보니 이곳이다. 일어나 보니 지금이 아니고 그때도 아니고 더 무엇이 남아서 6시인가? 정확히 시간을 보고 있다. 6시를 지나가는 6시. 7시를 향해 가는 7시. 9시를 넘어가는 9시. 다시 밤이다. 불가능한 밤이다. 오지 않는 밤이다. 언제 건져질지 모르는 밤이다. 그 전에 오는 밤이다. 밤은 왔다. 밤은 간다. 밤은 밤에 온다. 낮은 한 번도 말하지 않은 밤을 어떻게 맞이하는가? 맞이하고 보니 밤이다. 맞이하고 보니 해가 중천에 떴다. 나는 깊은 잠에 빠져 있다. 시간이 나를 깨울 때까지 다시 밤이다. 온밤과 긴 밤과 짧은 밤과 한숨 섞인 밤이 언제 끝날지 모르는 이 깊은 밤이 지나고 나서야 지나는 밤. 다시 밤이다. 내가 말한 것을 다 뒤집어쓰고 그가 왔다. 한밤중의 불청객이 무엇을 말하고 갔는지 그래서 무엇을 듣고 왔는지 누구를 붙잡고 물어봐도 돌아오는 대답은 다시 밤이겠지. 아니면 여태 깨어 있는 이유를 아직 다 말하지 못했을 것이다. 누구에게라도 들려주지 못했을 것이다. 밤에 만나자고 한 그 약속을 잊지 않고 그가 왔다. 약속한 사람을 찾으러 왔다. 나는 깊은 잠에 빠져서 당신을 찾는다.

# 용건 없는 사람

그는 어떤 용건이 있어서 온 것이 아니었다. 그는 아무 용건도 없이 왔다. 와서는 용건을 만들어 달라고 했다. 말하자면 그것이 그의 용건이었는데, 그것도 용건이라고 정중히 부탁하는 그의 말투에는 용건에 굶주린 사람 특유의 절실하고 허무한 기운이 깔려 있었다. 이 사람 용건을 만들어 주면 괜찮아질까? 이 사람 용건을 만들어 줘도 괜찮을까? 둘 사이에서 고민할 필요도 없이 그의 용건은 단순하다. 용건을 만들어 달라. 용건이 없으면 없는 대로 용건이 있는 곳을 가르쳐 달라. 이 세상에 용건은 많다. 새벽에도 많고 오후에도 많다. 어느 시간대이건 용건은 차고 넘친다. 불쑥 치고 들어오지만 않는다면 어느 용건이든 반길 수 있고 만날 수도 있고 만들어 낼 수도 있지만, 용건은 때를 가리지 않는다. 장소를 가리는 것도 아니다. 내가 있으면 내가 있는 곳에 내가 없으면 내가 없는 곳에도 용건은 지치지 않고 들어와서 사람을 만들어 낸다. 용건 없는 사람을 위해서도 꼭 필요한 것이 용건이다. 용건 없는 용건을 위해서도 꼭 필요한 것이 사람이듯이. 그래서 만들어 주었다. 용건 없는 사람에게 어울릴 만한 용건을. 두 번 다시 나를 찾아올 필요가 없는 용건을. 그걸 뭐라고 불러야 할까? 용건이 마지막으로 원했던 것. 어쩌면 사람이 아닐지도 모를 그 용건을.

# 불안

집에 들어가면 불안이 있다. 불안이 잠을 안 자고 있다. 나는 불안을 잠재워야 하고 잠재우지 못하면 하룻밤이 피곤해진다. 불안은 불안을 건드리는 것을 못 참는다. 불안은 불안 혼자서 얌전히 있지도 못한다. 그것은 종종 공포를 동반하고 공포가 없으면 다른 친구라도 불러들일 태세로 불안하게 있다. 불안은 생각한다. 나한테 없는 것이 무엇인가? 나한테 없는 것은 많다. 가령 출세, 명예, 건강, 미래, 미래가 되는 현재, 현재가 되는 미래, 결코 현재가 될 수 없는 미래의 어느 날들이 까마득히 펼쳐져서 집을 지키고 있다. 불안은 생각이 많다. 염려하는 그날이 올까 봐. 마찬가지로 고대하던 그날이 오지 않을까 봐 불안은 불안을 좀먹는 모든 생각들을 키우면서 불안의 어두운 구석을 들추어 낸다. 거기에 불안이 있다. 거기에 불안이 없더라도 거기에 불안이 있다는 생각으로 불안은 있다. 불안은 한곳에 머물지 않는다. 거기에 없더라도 거기에 있다는 생각으로 불안은 옮겨 간다. 불안이 없는 곳으로. 불안이 될 만한 곳으로. 불안하지 않으면 못 견디는 불안을 찾아서 불안은 생각을 옮겨 가고 따라서 불안은 집에만 있을 수가 없다. 불안은 집 밖에서도 돌아다닌다. 걸으면서도 불안하고 뛰면서도 불안하고 조용히 앉아서도 입술을 물어뜯는 버릇이 불안에게는 있다. 불안에게는 없는 버릇이 불안에게 있는 버릇으로 와전되더라도 불안은 생각을 멈추지 않는다. 다리를 멈추지 않는다. 그것은 좀 전까지도 떨고 있었고 거의 인지하지 못한 채로 계속하고 있었고 그것이 인지되는 순간 불안은 불안을 멈추고 다른 불안을 시작한다. 다리 떨기는 멈추었다. 입술을 물어뜯는 버릇도 멈추었다. 다만 정지했을 뿐 불안이 있는 곳은 아늑한 숙소가 아니다. 집에서도 호텔에서도 광장에서도 인적 없는 산골의 어느 간이역에서도 불안은 불안을 두리번거리며 무언가를 찾는다. 나한테는 없는 것을 찾는다. 나한테는 있는 것이 불안하고 또 불안하여 찾는다. 그것은 믿을 것이 못 된다. 그것은 견고하지도 않다. 그것은 금이 가거나 와해되거나 흩어지거나 아무튼 영속할 수 없는 상태로 있다. 불안은 불안을 쌓아 올리면서 불안을 견딘다. 견고를 견디는 것과 마찬가지로 지루한 동시에 시시각각 임박해 오는 순간을 견딘다. 불안은 친구가 없다. 함께 불안이 되어 줄 친구는 없다. 어디에도 없다는 사실이 불안을 불안 너머의 체념으로 인도하기도 하지만, 거기서도 불안은 체면 없이 기다리고 있다.

어서 오라는 인사도 없이 포옹부터 먼저 하는 불안을 일단은 안고 보자. 아니면 맡기고 보자는 식으로 체념할 수도 있는 불안을 불안은 다시 불안으로 환대한다. 싫으면 싫다고 말하면서 환대하고 좋으면 좋다고 말하면서 불안에 떤다. 치를 떨면서도 찾아오는 불안을 불안은 거부할 생각이 사실상 없다. 능력이 없거나 의지가 없거나 운이 없어서라고 치더라도 결국에는 생각이 없다. 태생적으로 없는 생각을 어떻게 키우고 어떻게 낳고 어떻게 죽이면서 살아 낼 것인가에 대한 생각도 없다. 생각이 있었다면 불안이 달아났을까. 생각이 살아났다면 불안이 다시 생각하고 돌아갔을까. 불안에게 없는 생각을 아무리 강요해 보아야 그것은 권유 이상을 넘지 못하고 강제로라도 강제할 수 없는 그 생각은 날 때부터 이미 씨가 말랐다. 그러지 않고서야 저렇게 생각이 많을 수가 없으니. 너무 많은 생각이 한 가지 생각을 죽였다. 너무 많은 불안이 한 가지 불안을 잠식했다. 아무리 불안해도 불안이 영속될 수 없다는 불안. 불안조차도 언제든 끝장나 버릴 수 있다는 불안. 불안은 불안을 쌓으면서 생각하지 못한다. 불안의 근원엔 불안이 없다는 사실. 한없이 덩치만 부풀린 거구의 내면이 텅 빈 백자처럼 아름답고 우스워 보일 때, 불안은 드디어 생각을 중지하고 와르르 허물어질 자세를 취할 것처럼 떠들어 대지만, 그 또한 불안의 한 증상이고 면면이고 그것들이 모여 불안을 이루고 불안을 뒤덮고 불안에 몸서리치는 장면을 얼마나 많이 보아 왔던가! 불안은 믿을 것이 못 된다. 불안은 약속하지도 않는다. 약속을 뒤엎을 거라는 약속만 겨우 가능한 불안이 오늘도 약속을 한다. 내일도 약속을 하고 모레도 약속을 지키는 자신을 단 한 번도 보여 주지 못하는 자신을 약속한다. 스스로에게 불안은 과분하다. 불안은 부족해서 넘치고 넘치고도 모자라는 자신을 거의 매번 책망하지만 알고 보니 책망은 불안의 친구였다. 공포가 불안의 피붙이였듯이 책망은 불안의 옆자리에서 옆자리로 그림자처럼 붙어 다니며 책망한다. 나를 좀 내버려 두라고. 불안에게 애원하듯이 부탁하고 협박하고 공갈까지 치는 당사자는 너뿐만이 아니다. 너 하나만 있는 것이 아니다. 나도 있다. 그도 있고 그녀도 있고 모두가 함께 있다. 불안은 주변을 모두 친구로 만든다. 지인으로 만든다. 심지어 가족으로도 만든다. 적이라고 해 봐야 소용도 없는 적을 그럼 무어라고 부르겠는가. 불안은 불안 혼자서도 충분히 적이다. 광

활한 영토를 거느린 적이다. 거기서는 내전 말고 다른 전쟁
이 없다.

# 불안

나는 어제 만났다.
너는 오늘 만났다.
누구를 만났는가?

불안해서 만났다.
불안해서 말했고
불안해서 서 있다.

나는 오늘 만났다.
너는 어제도 만났다.
누구를 만났는가?

섬광처럼 지나갔다.
불안해서 아름답다.
불안해서 가지런하고

불안해서 웃고 있다.
잇새에 낀 찌꺼기가
하루 만에 나왔다.

## 상관없는 밤

　나와 상관없는 사람들이 같이 병실을 쓰고 있다. 나와 상관없는 사람들이 병문안을 오고 곧 떠난다. 나와 상관없는 사람들이 회진을 돌고 몇 마디를 묻고 나와 상관없는 사람들을 남겨 두고 떠났다. 나와 상관없는 사람이 누워 있다. 나와 상관없는 사람이 간식을 나누어 먹다가 체하고 토하고 나와 상관없는 사람이 그걸 치운다. 나와 상관없는 사람이 머리맡의 꽃병을 갈고 어서 나으라고 말한다. 나와 상관없는 사람이 주사기를 들고 혈관을 찾는다. 나와 상관없는 사람이 울고 있다. 나와 상관없이 절망하고 있다. 나와 상관없는 사람의 절망적인 상태를 절망한다. 아무래도 오늘 밤을 넘기기 어려울 모양이다. 나와 상관없는 사람이 다시 오겠다고 하고 나갔다.

4부

# 당신

똑바로 보지 않고 얘기한다. 그는 어딘가 다른 곳을 보고 있다. 거기 내 얼굴이 있는 것도 아닌데, 거기에 대고 얘기하는 듯한 이 사람이 신기해서 묻는다. 누구하고 얘기하는 건가요? 그는 똑바로 보지 않고 얘기한다. 당신이면 좋겠어요.

# 겪어 보지도 않고 나쁜 사람

무엇 때문인지 모르겠지만 그는 나를 싫어한다.

이유는 모르겠으나 그가 나를 싫어한다는 사실은 분명
하다. 그러지 않고서야

초면부터 이때까지 내가 먼저 건넨 인사를 세 번이면 세
번 다

외면하거나 못 본 척하지는 않았을 테니.

면전에서 그는 나의 인사를 무시했다.

대놓고 모른 척하는 그에 대해서 잠깐씩 고민해 보기도
한다.

저 인간이 왜 저러는 건지

혹시 나에 대해서 누가 나쁜 말을 한 것을

그것도 교묘하게 음해하거나 일방적으로 비난한 것을

곧이곧대로 듣고 믿고 따르느라고 저러는 건지

물어보지 않았으니 알 수 없다.

들어 보지 않았으니 왜 그런지 도무지 알 수 없는

그 인간을 향해 나 역시 어느 순간부터

어느 자리에서든 먼저 인사를 하지 않는다.

마치 투명 인간처럼 그 인간이 앞에 있어도

그 인간 너머를 본다. 너는 내 앞에 없는 물건이야.

눈앞에 없는데도 얼른 치워지기를 바라는 이상한 물건
으로

간간이 그가 앉아 있다. 서 있을 때도 있고

내 앞을 지나갈 때도 있다. 어느 순간이든

서로가 서로에게 먼저 인사하는 일은 없다.

앞으로도 인사하는 일은 없을 것이다. 내가 그 물건에게

그 물건이 나라는 사람에게 가지는 의미는 이토록 투명

하다.

있어도 보이지 않는. 보여도 없는 것과 다름없는.

물론 감정은 남아 있겠지. 좋지 않은 감정이든 기분 나

쁜 감정이든

어떤 식으로 표현해도 마이너스를 이루는 감정.

결코 플러스가 될 가능성이 없는 감정.

그 감정을 붙들고 고민할 가치도 없는 감정.

좋지 않지만 충분히 잊을 만한 감정.

그런 감정을 간직하고 우연히 지하철을 타고 가다가

대각선 방향에 앉아 있는 그를 본 적이 있다.

오후의 한적한 지하철에서 그는 혼자 앉아 있었다.

동행도 없이 나 역시 혼자 앉아 있었다.

물론 먼저 인사할 생각은 없다. 알은체를 할 필요도 없다.
그가 나를 보았을까. 그 물건이 나를 인지했을까.
그것도 중요하지 않으니 그는 저기서 앉아서 가고
나도 여기서 앉아서 간다. 투명인간 둘이서
나란히 객차에 실려 간다. 한 정거장을 지나고
두 정거장을 지나고 몇 정거장을 지난 다음
누가 먼저 내렸는지는 기억나지 않는다.
다만 그 이후로 그를 본 적이 없다는 사실.
만난 적도 인사한 적도 없다는 사실.
어쩌면 영영 볼 일이 없는 상태를 불편하지 않게
아쉽지도 않게 지속할지도 모른다는 사실.
누가 먼저 내렸는지 기억이 나지 않는 것과 마찬가지로
누가 먼저 죽더라도 크게 상관하지 않을 그가
어느 날 우연히 돌연사했다는 소식을 접하더라도
크게 놀랄 것 없는 내가 서로 얼마나 비슷하고
얼마나 다른 감정을 가지고 있는지는 알 길이 없다.
물어보지 않았으니 알 수 없고
들어 볼 기회가 없으니 더더욱 미궁인 관계도
일종의 관계겠지. 인연이겠지. 그 이상의 생각을

기대하지 않는 곳에서 마지막으로 그에게 인사한다.

도대체 왜 그러십니까? 물어볼 필요도 없는 말을

투명 인간은 듣고서 또 무시할 것이다. 다른 방법을 안다면

나 역시 투명 인간이 되지는 않았을 테니까. 투명하게

투명하게 나는 한 사람의 기억을 지워 간다. 그것도 인연이겠지만.

## 악인

간밤에 선풍기를 발로 찼다.
꿈속에서 엎어져 있는 악인을 찬다고 찬 것이
침대 발치에 놓인 선풍기 머리를 찬 것이다.
아프지는 않았다. 다행히 꿈속만큼
많은 힘을 실어서 차지는 않은 것이다.
꿈에서도 그는 악인이었지 원수는 아니었다.
원수였다면 더 감정을 실었을까?
더 발가락이 아팠을까?
엎어진 선풍기만 확인하고 다시 잠든 나에게
악인은 두 번 다시 나타나지 않았다.
나는 다른 꿈을 꾸었을 것이다.
생각나지도 않는 꿈을
여기 적자니 엎어진 선풍기가 먼저 생각나고
엎어진 악인이 다시 생각나고
생각나지도 않는 그 얼굴을
여기 적자니 모르는 악인이다. 나는 감정만 남아서
여기 이러고 있다. 감정만 남아서
도대체 악인의 어디를 찼던 것인지 말 못 하고 있다.
머리는 아니었던 것 같다.

머리보다 더 중요한 곳을 노렸다.

— 악인의 핵심은 내가 모르는 사람의 모르는 곳.

엎어졌던 선풍기 머리가 일어나서

아무렇지 않게 돌아가고 있는 아침.

## 미의

8월 17일. 선풍기만 고개를 저으며 부지런히 돌아가고 있다.

나머지는 활발하지 못하다. 창밖의 구름도 정체되어 있다.

바람이 없나 보다. 바람이 자는가 보다.

좀 전에 지나간 한 쌍의 잠자리 말고는

움직이는 것이 퍽 드물어 보이는 8월 중순의 한낮.

내가 무엇을 해야 하는지 무슨 책을 보고 무슨 궁리를 해야 하는지

날 때부터 잊어버린 것처럼 멍청하게 선풍기 바람만 본다.

그러고 보니 느껴지는 것이 있다.

움직이는 것이 있다. 읽다 만 책들이 기둥처럼 쌓여 있는데

읽어야 하는 책도 읽고 싶은 책도 더는 읽기 싫은 책도

책상 한쪽에 기둥처럼 두 줄로 서 있는데

양장본 한 권에서 빼져나온 책갈피용 끈 하나가

선풍기 바람이 닿을 때마다 가느다랗게 떨고 있는 모습.

가느다랗게 흔들리고 있는 모습. 다시 보니

옆 기둥에 있는 다른 양장본 한 권에서도 끈 하나가 나와서

흔들리고 있다. 곁에서 두루마리 휴지의 <u>끄트머리</u>가 떨고 있다.

바람은 미풍. 일주일에 한 번씩 나가는 강의실에서
수강생이 건네준 피로회복제 세 알과 함께 받아 온
손바닥만 한 쪽지도 펼쳐진 채로 흔들리고 있다.
내용은 건강 잘 챙기시라는 인사. 고마운 인사.
새로 강의 나가는 학교에 부쳐야 하는 기본증명서도
책상 앞 누워 있는 서류 틈에서 잠깐씩 흔들린다.
모두 미풍이다. 선풍기에서 나오는 미풍.
그리고 또 어딘가에서 나오는 미풍.
창밖의 구름이 그사이 조금 바뀌었는데
미세하다. 미세한 차이를 몰라보고 하늘을 본다.
오늘은 특별히 나가야 할 일이 없다. 어젯밤 칠 년간 관여해 온 잡지
편집회의를 마치고 나오는 길에 받아든 봉투에는 흘러가는 글씨로
'微意'라고 적혀 있었다. 일금 이십만 원이 들어 있었다.
갑자기 큰돈이라는 생각이 들었다. 수중에서 나가는 돈은

다 큰돈이다. 수중에서 나가는 말도 더 아껴야겠다고 다
짐하는 일

없었다. 그럼에도 자고 있는 바람이 자는 듯이 자는 듯이
또 움직여 가는 구름을 여름 한낮의 창밖으로 본다.

내가 더 무엇을 보아야 하는가? 달력에 있는 오늘 날짜
를 헤아리다가

창밖을 본다. 무슨 소린가 들려서 침대 쪽을 보니

간밤에 회의에 참석 못 한 동료의 전화가 오고 있다.

받으면 용건이 생길 것이다. 무슨 일이든 일어날 것이다.

책갈피용 끈이 가느다랗게 떨린다. 선풍기 바람이 열심
히 불어오고 있다.

## 저쪽은 모른다

아침부터 전화가 온다. 나를 구원하는 전화인가? 나를 더 수렁으로 빠뜨리는 전화인가? 알 수 없는 전화가 온다. 받으면 들어야 하고 들으면 반응해야 하는 전화가 온다. 무슨 전화든 전화가 온다. 받아야 할까? 무시해야 할까? 전화가 온다. 쉬지 않고 온다. 그치는 순간이 올 때까지 온다. 전화가 온다. 받으면 되는 전화. 받으면 받는 대로 나를 한쪽으로 몰아가는 전화. 안 받으면 안 받는 대로 이쪽으로 몰아세우고 있는 전화. 저쪽은 어딜까? 다른 방법이 없다. 반응해야 한다.

# 다만 본다

그가 나를 보자고 한다. 거의 십 년 만에 연락이 와서 대뜸 만나서 얘기하자고 한다. 나는 만나기로 했다. 약속을 괜히 했다. 십 년 동안 연락이 없었으니 그는 나의 친구가 아니다. 그전에는 친구였을까? 모르겠다. 십 년 동안 말 한마디 주고받은 것이 없었으니 그는 나의 동료도 아니다. 애인도 아니다. 가족도 아니고 친족도 아니고 관계자도 아니다. 그는 단지 그가 되었을 뿐인데 갑자기 연락이 왔다. 보험이라도 들라는 것인지 아니면 돈이라도 빌려 달라는 것인지 만나 봐야 알겠지만 만나 봐야 나한테선 나올 것이 없다. 푸념이나 한숨 말고는. 죽겠다는 말 아니면 살고 싶지 않다는 말 말고는. 그가 그걸 들어 줄까? 그도 무슨 용건이 있어서 온 것일 텐데. 아마도 부탁이나 요청일 텐데. 그 앞에서 쏟아 놓을 나의 넋두리를 얼마나 오래 인내하면서 들어 줄까? 그는 곧 일어날 것이다. 나의 친구가, 나의 동료가, 나의 가족이 얼마 못 가서 일어났던 것처럼. 일어나서 곧장 나가 버리는 뒷모습을 한 번 두 번 세 번 목격하면서 나는 혼자가 되었고 혼자가 되는 것을 마다하지 않게 되었고 혼자서도 그럭저럭 푸념하며 지내는 와중에 그가 연락을 해 왔다. 그가 무슨 용무로 무슨 사연을 담아서 무슨 말을 할지는 만나 봐야 안다. 만나 봐야 그의 변한 모습이나 실컷 구경하다가 돌아올 텐데, 나의 변한 모습이나 실컷 구경하고 그도 돌아갈 텐데, 왜 만나자고 한 것일까? 그는 모른다. 내가 변한 모습을. 나도 모른다. 그가 얼마큼 변했는지를. 다만 볼 뿐이다.

# 미친 사람

─ 찰스 부코스키를 읽다가


미쳐 가는 마을에서
미쳐 가는 시간을 보내다가
정말로 미쳐 버리면
누가 나를 구원해 줄까?
미쳐 가는 사람 중 한 명이
나를 구원해 줄까?
그는 미쳐 가는 중이지
아직 완전히 미치지는 않았으니까
혹시라도
도움의 손길을 내밀지 몰라
더 미치지 말라고
따뜻한 차 한 잔에
더 따뜻한 말 한마디로
나를 위로하고
나를 일으켜 세우고
어디론가 좋은 곳으로
나를 데려갈지도 몰라
그런데
그런데

그 역시도 미처 가는 중인지라
그리 오래 나를 데려가지는 못하겠지
조금 데려가다가 금방
붙들고 있는 손을 놓을지도 몰라
태도를 싹 바꾸고
팽개치듯이 나를 떠밀어 버리고
있는 욕 없는 욕 다 섞어 가며
나 때문에 망친 인생을
탓할지도 몰라
나는 그와 겨우 30분도
같이 있지 못했는데
그 30분의 인생을
망친 죄밖에 없는데
30분도 인생이니까
인생이라면
인생이니까
미안한 마음으로
돌아서서 다시 미치기 좋은
곳으로 돌아와야겠지

두 번 다시 도움의 손길 따위

기다리지 않겠지

그러면서 늙어 가겠지

그러면서 죽어 가겠지

그러면서 정말로 미쳐 버린

한 사람을 떠올리고

위로하겠지

너는 이미 미쳤고

충분히 미쳤고

앞으로도 미칠 것이니

덤덤히 받아들이자

받아들이지 않으면 미친다

이 또한 덜 미쳤을 때의 얘기니까

나는 정말로 미쳐야 했다

미쳐야 살 수 있었다

미친 마을에서

더 미치지 않고서 잘 사는 사람은

여태 못 봤다

# 없다

돌이 검고 있고
내가 피곤하고 있고
문제는 바로 그가 되고 있고
너는 누구랑이고 나는 무언가이고
그 창문은 깨지고 있고
검은 돌은 그만두고 있고
연기는 올라가다가 사라져 있고 비고 있다.
문제는 그가 아니고
검게 찌드는 얼굴이 되고 있고
나는 갑자기 대단하고
집에 없다.

## 어쩌다가 만났을까?

아침에 나가서 저녁에 돌아오는 사람을 생각한다. 저녁에 나가서 아침에 돌아오는 사람도 있다. 둘이 만나는 경우는 아침이나 저녁 이 둘뿐이지만, 만나기는 만난다. 나가는 사람과 들어오는 사람이 인사한다. 둘은 아직 부부다. 같이 살고 있는 사람이다. 다음에는 언제 만날까? 약속을 정하지 않는다. 아침에 나가서 저녁에 돌아오는 사람과 저녁에 나가서 영영 돌아오지 않을지도 모르는 사람이 만난다. 만나기는 만난다. 어쩌다가 우리가 만났을까?

# 반려

　일견 그렇게도 보인다. 개 한 마리가 보인다. 그걸로 충분하다. 한 인간을 이해한다는 것. 사랑받지 못해서 짖고 사랑하지 못해서 깨물고 사랑이 뭔지 몰라서 사랑밖에 모르는 그걸 이해하는 데 많은 개가 필요한 것은 아니다. 한 마리면 충분하다. 그리고 한 번이면 충분하다. 두 번 다시 반려하고 싶지 않다면 한 번 물린 것으로 만족하라. 만족이 안 되면 만족이 안 되는 대로 살아라. 제발 혼자 살아라. 그게 힘들면 다시 개 한 마리가 보일 것이다. 너처럼 짖고 있는 개가 또 있을 것이다. 없다면 그 또한 불행이겠지만 온갖 불행을 건너서 반려가 될 사람은 결정적인 순간에 운다. 꼭 한 번은 운다. 개처럼.

## 누가 숨어서 우는가?

한낮에는 한낮에 어울리는 울음이 있다.
저녁에는 저녁에 어울리는 울음이 있다.
한밤중에는 한밤중에도 어울리는 울음이 있으니
조용히 운다. 삭히고 운다. 엉엉 운다. 참다가 운다. 터지
듯이 운다. 폭발하고 운다. 꺼지듯이 운다. 모자라서 울고
지나쳐서도 운다. 다 운다. 한밤에는 한밤에도
아침에는 아침에도
울지 못하고 나가는 사람이 있다.
어울리지 못하고 울음은 따로 운다.

저 많은 사람들 틈에
누가 숨어서 우는가?

## 우는 사람

그는 최대한 절제하면서 울었는데 그것이 반갑고 신기해서 물었다. 언제 그치나요? 그걸 알면 지금이라도 그치게요? 지금은 절제할 뿐입니다. 그럼 언제 펑펑 울었나요? 울기라도 했나요? 그걸 모르겠어서 계속 참습니다. 나중에라도 펑펑 울게. 그는 최대한 절제하면서 울었는데 도무지 그칠 줄을 몰랐다.

# 인생

인생은 마음먹은 대로 간다던데
인생은 마음이 없다.
인생은 생각도 없고
지조도 없다.

인생이 무슨 마음을 먹고
무슨 생각을 하는지
인생은 알겠는가.
인생은 모른다.

아는 것이 없는 사람처럼
매일 새로 와서
매일 새로 배우고 가는
사람을 인생은 모른다.

그는 모르는 학생들이 모인
모르는 학교의 모르는 교장처럼
아무것도 책임지지 않고
그 자리에 있다.

그 자리에만 있는 사람
그게 내 인생이란 게 믿기지 않지만
내가 안 믿으면
또 누가 믿겠는가.

그러니 출석한다.
출석이라도 해야 한다.
퇴학당하기 싫으면
가서 앉아라도 있어야 한다.

꾸벅꾸벅 졸며
학생들이 들어온다.

## 얼마 남아 있지 않다

　말할 것이 얼마 남아 있지 않다. 말할 수 있는 것이 얼마 남아 있지 않다. 그럼에도 말해야 하는 것이 얼마 남아 있지 않다. 말하고 싶은 것도 말하고 싶지 않은 것만큼이나 얼마 남아 있지 않다.

　얼마 남아 있지 않은 장소에서 얼마 남아 있지 않은 사람을 만나고 얼마 남아 있지 않은 칭찬을 하고 험담을 하고 욕을 퍼붓고 얼마 남아 있지 않은 증오를 심고 왔다. 너는 나를 미워해야 한다. 얼마 남아 있지 않은 나를 얼마 남아 있지 않은 시간을 아까워 말고 충분히 증오하라. 시간은 충분하지 않다. 얼마 남아 있지 않은 집으로 돌아가는 길도 충분히 멀고 고통스러울 정도로 길고 얼마 안 남았다.

　얼마 남아 있지 않은 물을 마신다. 얼마 남아 있지 않은 술을 마시는 기분으로 담배를 피우고 애인을 찾고 애인을 찾아서는 얼마 남아 있지 않은 정을 주었다. 돈 몇 푼을 얹어서 그것도 정이라고 푼돈에 푼돈을 얹어서 주었다. 다 가져라. 얼마 남지 않은 정은 얼마 남지 않아서 바닥을 보일 테지. 바닥까지 긁어모아서 너에게 준다. 얼마 남지 않은 사랑을. 기억을. 망각을. 그러고도 남아 있는 것이 있다면

　사람은 아닐 것이다. 사람은 애초에 얼마 없었다. 단 한

사람도 너와 함께 마지막을 장식할 말을 남겨 놓지 않았다. 얼마 남지 않은 그 말은 너를 위해서 써라. 너에게도 모자란 그 시간을 충분히 소진한 다음에도 남아 있는 것이 있다면 그게 무얼까? 적어도 나는 아니다. 그렇게 오래 견딜 수 있는 사랑이 못 된다. 나는

　나를 위해서도 그렇게 오래 견디지 못한다. 그러니 써라. 무엇이라도 써라. 얼마 남지 않은 하루를. 얼마 남지 않은 고통을. 얼마 남지 않은 희망과 섞어서 하루를 써라. 그렇게 말하고도 모자라는 하루를 남아도는 하루와 함께 써라. 얼마나 많은 하루를 그렇게 낭비했던가 생각하지 말고 써라. 쓰지 못하면 죽는다. 죽으라고 쓰고 있는 것이 얼마나 남았다고 생각하는가. 생각하지 말고 써라.

# 돈

돈이 되고 싶은데 돈이 되지 않는다. 돌이 되는 것만큼이나 힘든 일이다. 돈이 되는 일은 돈이 되지 않는 일과 멀다. 바로 옆에 붙어 있다. 붙어 있으니까 그렇게도 사이가 안 좋은 사이. 돈이 되는 일과 돈이 되고 싶은 일과 돈이 될 수 없는 일과 또 뭐가 있더라 생각하는 사이 돈이 지나간다. 돈이 되는 일도 지나간다. 돈이 되지 않는 시간은 없다. 없다가도 있는 것이 돈이니까 매 순간 탄생하는 돈과 함께 시간은 있다. 남아도는 시간이 있다. 부족해서 미치겠는 시간도 있다. 아주 없어져 버린 시간도 얼마든지 있다. 얼마든지 빌려 올 수 있는 시간도 있고 도무지 갚아 낼 길이 없는 시간도 있다. 그 시간만 생각하면 잠이 오지 않는 시간. 그 시간만 돌이킬 수 있다면 억만금을 주고도 되돌리고 싶은 시간. 수중에서 돈이 빠져나가듯 우수수 빠져나간 머리카락은 지금 어디 가서 무슨 짓을 당하며 살까? 살고는 있을까? 무슨 짓을 당하면 무슨 짓이라도 해야 한다. 살아 있다는 대가로. 살아 있지 못하다는 대가로 영원한 침묵을 구가하는 위인은 참고할 것이 못 된다. 돈에게도 돈이 되지 못하는 것에게도. 그리하여 시간과는 하등 상관없는 삶을 구가하는 자는 돈에게서 멀다. 돈보다도 멀다. 돈이상으로 멀리서 떠돌고 있는 그를 무슨 수로 붙잡을 것이며 무슨 돈으로 회복할 것인가? 그는 돈이 아니다. 그는 삶도 아니다. 그는 시간도 아니다. 내가 돈이 될 수 없는 것과 마찬가지로 그는 내가 아니다. 나는 그가 아니다. 죽어서도 돈을 필요로 하는 자는 그가 아니다. 그는 사라졌다. 매 순간 눈덩이처럼 불어났다가 감쪽같이 사라지는 시간만 남겨두고 갔다.

# 여분

여분을 생각하면 여분이 있어야 한다. 여분이 없으면 여분을 생각해서 여분이 온다. 여분은 한둘이 아니다. 두셋도 아니다. 서넛이면 많은 여분이 남아 있다. 여분은 언제부터 여분인가. 여분은 가지 않고 남아 있다. 여분을 생각하면 여분이 많다. 여분을 생각하면 여분이 적지 않다. 여분을 생각하면 여분은 없어도 그만이지만 있다. 간혹 있는 여분을 생각하면 고맙다. 남아 있어서 고맙고 가지 않아서 고맙고 여분은 나의 여분이다. 여분에게 여분의 가치를 말해 봐야 여분의 가치도 없겠지만 여분은 알아듣는다. 알아듣는 척이라도 한다. 몰라도 여분이니까 여분에게 말한다. 여분은 혼자 돌아가서 생각한다. 여분은 왜 여분이어야 하는지를 생각하지 않는다. 여분이니까. 여분은 여분을 남기려고 다시 왔다. 여분 주위에 여분을 잔뜩 묻히고 왔다. 여분은 이미 여분인데. 여분은 그러실 필요까지 없는 여분을 바지 주머니에 찔러주고 갔다. 여분을 남기고 갔다. 다른 여분도 많은데 여분을 생각하면 다른 여분이 떠오르지 않는다. 여분 하나에 오직 여분 하나. 그렇게도 많은 여분을 남기고서도 여분 하나에 오직 여분 하나를 생각하면.

## 언제 한번 보자

삼월에는 사월이 되어 가는 사람. 사월에는 오월이 되어 가는 사람. 그러다가 유월을 맞이해서는 칠월까지 기다리는 사람. 팔월까지 내다보는 사람. 구월에도 시월에도 아직 오지 않은 십일월에도 매번 기다리다가 지나가는 사람. 우리가 언제 만날까? 이걸 기약하느라 한 해를 다 보내고서도 아직 남아 있는 한 달이 길다. 몹시도 길고 약속이 많다. 우리가 언제 만날까? 기다리는 사람은 계속 기다리고 지나가는 사람은 계속 지나간다. 해 넘어가기 전에 보자던 그 말을 해 넘어가고 나서 다시 본다. 날 따뜻해지면 보자고 한다.

# 아무도 없는 곳에서 아무도 없는 곳으로

박대현(문학평론가)

> 세계는 인간 없이 시작되었고,
> 또 인간 없이 끝날 것이다.
> —— 레비스트로스

## 아무도 없는 곳에서

주체는 과거, 현재, 미래를 관통한다. 우리의 주체는 '현재'에 결박된 상태다. 지금 작동하는 인간의 의식은 '현재'의 것이며, 그 현재 속에는 과거의 기억이 스며 있는 상태다. 일찍이 베르그송은 이를 두고 현재와 과거의 동시성이라고 말한 바 있다. 인간의 의식은 '현재'의 것이지만, 그 속에는 과거의 기억이 항용 내재되어 있는 것이다. 이러한 인간의 의식으로부터 발생한 주체가 결여하고 있는 것은 '미래'다. '미래'는 기대와 불안, 그리고 불확정성의 영역이다. 현재에서 더욱 먼 미래일수록 그것의 엔트로피(무질서도)는 증가한다. 예측할 수 없는 미래. 그러나 먼 미래일수록 보다 확실해지는 것이 있다. 그것은 '나'의 죽음이다. 죽음은 '나'의 확실한 미래다. 이 사실을 깨닫는 순간 "나는 어쩌다가 앉아 있는 사람이 되었을까."라는 마음속 탄식이 새어 나온다. 세상의 아침은 "폭발 직전의 아침"이 되고, 세상 사람들은 "모두 폭발하러 가는 것 같"은 사람들이 된다. 그러나 슬프게도 그들 모두 "꾹 참고 가는 사람들 같다."(「모두 폭발하러 가는 것 같다」)

김언의 압도적인 시는 신체 내부를 장악한 '폭발'의 잠재성에서 비롯된다. "꾹 참고 가는 사람들"이란 시인의 모습에 다름 아니다. 폭발을 추동하는 것은 죽음을 마주한 정동(affect)이다. 시인의 몸속에 무시무시한 '정동'이 투척된 것이다. 시인의 모든 시는 투척된 정동으로부터 나온다. 그의 산문 역시 마찬가지다. 그의 산문은 그의 시만큼 압도적이다. 그의 산문집 『시는 이별에 대해서 말하지 않는다』는 '시론집'이라는 부제를 달고 있지만, 그 안에 수록된 두 편의 산문 「아무도 없는 곳에서」(시집 『거인』에 동명의 시가 있다.)와 「죽음이 연기를 불러왔다」는 그의 시가 어디서 추동되고 있는지를, 그가 왜 시를 써 왔고 쓸 수밖에 없는지를 알려 주는 내밀한 단서와도 같다. 먼지처럼 더께 쌓인 참혹한 정동의 언어적 발현이다.

아무도 없소?
아무도 없으면 아무도 없는 소리라도 들려야 하는 곳에서

한 사람이 걸어나온다. 형체도 없는 얼굴을 하고 걸어나온 그
가 말한다. 형체도 없는 자신에 대해 더 말할 것이 있는지 묻
는다. 먼지에 대해선 여전히 할말이 많다. 지칠 때를 한참이나
지나서도 남아 있는 말을 찾아서 내가 왔다고 말한다.

그는 도로 들어가면서 말한다. 30년도 더 지난 이름을 들
먹이며.

여긴 아무도 없어.

먼지가 좋아 먼지를 따라간 여동생이 마저 말한다.

들어와봐야 여긴 아무도 없어.

— 「아무도 없는 곳에서」에서*

김언의 시의 출처를 보여 주는 문장이다. 그것은 죽음이
다. 죽음의 근원에는 가족이 도사리고 있다. 그 슬프고도
황폐한, 그리고 아름다운 근원을 목도하고자 한다면 「아무
도 없는 곳에서」를 반드시 읽어야 한다. 그것은 산문을 가
장한 시다. 시와 산문의 형식으로 가둘 수 없는 정동이 세
상 어디서도 볼 수 없는 낯선 내면의 얼굴로 출현하고 입
술에서는 낮고 긴 호흡의 시적 전율이 토해져 나온다. 그리
고 시를 쓸 수밖에 없는 이유를 고백하는 문장들이, 그의
심장에 찍혀 있을, 여전히 아물지 않은 낙인(烙印)을 드러
낸다.

*『시는 이별에 대해서 말하지 않는다』(난다, 2019).

나는 죽음이 두려워서 시를 쓰고, 내 삶이 언제 어떻게 끝장날지도 모른다는 공포 때문에 이미지를 본다. 연기의 이미지. 매 순간 뭉쳤다가 흩어져가는 삶의 이미지이자 가없는 데서 다시 찾아오는 죽음의 이미지.

　　　　　　　　　　　—「죽음이 연기를 불러왔다」에서*

　　그의 시에서 죽음은 날것이다. 죽음을 살균 처리하는 상상계와 상징계조차 없다. 그의 몸에 각인된 죽음의 원초적 정동을 있는 그대로 드러내는 날숨이 그의 시이고 그럼에도 불구하고 계속되는 삶이 그의 들숨이다. 그러나 그는 날숨과 들숨의 낙차 속에서 "죽음은 정지하는 것이 아니다."**라고 이미 쓴 바 있다. 죽음이 그의 삶에 들이닥쳤으나, 그는 어떤 도움도 요청하지 않는다. 그는 죽음의 비의(祕義) 따위도 말하지 않는다. 신성의 질서 안에서 죽음의 고통을 당연시하는 인간의 오랜 상상계적 습속(엘리아데)조차 그의 시에는 발견되지 않는다. 그의 시에는 오직 죽음을 견디는 주체만이 있을 뿐이고, 주체의 유일한 무기는 언어이고 쓰기다. 쓰기는 죽음의 지연을 확인하는 작업이다. 쓰는 동안의 '나'는 살아 있다.

　　첫 시집 『숨쉬는 무덤』 이후 그가 낸 여러 권의 저작들

---

\* 같은 책.

\*\* 「하루살이의 속도」, 『숨쉬는 무덤』(천년의 시작, 2003).

은 모두 지연되는 죽음의 매 순간을, 그럼에도 곧 소진될 그 순간들을 고통스럽게 즐기는 향유(jouissance)다. 향유 속에서 그는 시의 성채를 쌓았고 성벽은 단단해졌으며 그 스스로 시의 거인이 되었다. 그러나 그 역시 필멸의 운명을 아는 "거인"*이다. 그는 이번 시집을 통해 다시 "아무도 없는 곳으로" 떠나왔다. 정동이 투척된 날것의 몸으로 그는 서 있다. "아무도 없는 곳에서."**

## '죽음'이라는 확실한 지식

김언의 시를 이해하기 위해서는 그의 시를 지배하는 장소로 가야 한다. 그의 장소에는 부재의 풍경이 도사리고 있다. 먼지로 사라지고 만 부재의 풍경 말이다. 이를 단순히 부재라고 말하기는 힘들다. 김언을 시의 언어로 휘감고야 만 부재이자, 그로 하여금 계속 시를 쓸 수밖에 없게 하는 부재다. '아무도 없는 곳'은 존재의 진공 상태를 드러내면서 그의 시적 영혼을 장악한다. 종내는 그의 시를 이루는 세계관적 기원이 되고 있다. 그가 부산을 떠나간 이유도 혹여 그것 때문이 아니었을까. '아무도 없는 곳'을 벗어

---

* 「거인」, 『거인』(랜덤하우스코리아, 2005).
** 「아무도 없는 곳에서」, 같은 책.

나고자 하는 몸부림으로 그는 어느새 시인이 되었고 '아무도 없는 곳'을 벗어났으나, 여전히 '아무도 없는 곳'을 살고 있는 시인이다.

자고 일어나니까 가족들이 모두 죽어 있었다.
나만 빼고 모두 죽어 있는 가족들이 안방에도 있고
거실에도 있고 부엌과 화장실에도 있었다.
우리 가족이 이렇게나 많았나 싶게
모두 아는 얼굴을 하고 친근한 표정까지 덮어쓰고서
죽어 있다. 죽을 때도 나만 쏙 빼놓고 죽은 사람들이
어떻게 나의 가족이 되었는지
잠을 깨고서도 나는 알지 못한다.
깨달을 수 없는 일이 자꾸 벌어지는데
오늘 아침의 이 시체들 말고도 허다하게 널린 것이
죽음인데 죽음의 목격이고 참상인데
다들 밝은 표정이다. 심지어 웃고 있는 것 같다.
한 명은 아예 툴툴 털고 일어나서
곧 걸어 나갈 사람처럼 씩씩해 보인다.
죽어서도 씩씩하고 죽어서도 왕성하고
죽어서도 활력이 넘치는 사람들이
나의 가족이다. 가족들이 있어
내가 살아왔다는 말
틀리지 않다. 부정하고 싶지도 않다.

다 가족들 덕분이다.
가족들이 있어 지금껏 살고 있고
무사히 살고 있고 아직도 보고 있다.
오늘 아침의 이 시체들을
파리한 낯빛이 되어 혼자 보고 있다.

　　　　　　　　　　　　　　　　　　　—「가족」

　기괴한 시다. 자고 일어나니까 가족들이 모두 죽어 있는 장면은 상상이면서 실재다. 과거와 현재와 미래를 나누지 않는 조건에서는 말이다. 시인의 심리적 실재 속에 가족들은 아침마다 죽어 있고 살아 있다. 이는 물리학적 관점에서도 사실이다. 아인슈타인은 1955년 죽음을 한 달 앞두고 과거, 현재, 미래의 구분은 단지 끈질긴 환상일 뿐이라고 말했다. 과거와 현재와 미래를 한 덩어리로 보는 물리학적 관점에서 이미 죽어 버린 과거의 가족은 여전히 과거 속에 살아 있고, 현재 살아 있는 나의 가족은 미래에 죽어 있다. "시공간에서, 미래는 존재하며 과거는 사라지지 않는다."* 그러니 과거, 현재, 미래의 선형적 계기성(契機性)을 넘어선 물리적 차원에서 화자의 가족은 죽어 있기도 하며 살아 있기도 하다. "죽어서도 씩씩하고 죽어서도 왕성하고/ 죽어서도 활력이 넘치는 사람들이/ 나의 가족이다."는 필시

* 맥스 테그마크, 김낙우 옮김, 『맥스 테그마크의 유니버스』(동아시아, 2017).

131

이러한 의미다. 심리적 실재로만 머물지 않고 물리적 실재를 향해 뻗어가는 문장이 아닐 수 없다. 과거의 죽음과 미래의 죽음이 한자리에 뒤섞이고 현재를 숨 쉬는 시인은 과거의 죽음과 미래의 죽음을 현재의 장소에 불러다 놓는다. "아무도 없는 곳"은 현재의 장소에서 생생히 살아 숨 쉬고 있는 것이다.

루트비히 볼츠만은 과거, 현재, 미래의 구분은 인간의 무지로 인해 발생한다고 말한 바 있다. 인간의 무지로 인해 미래는 엔트로피가 높아지고 이미 확정된 과거는 엔트로피가 낮아진다는 것이다. 이 관점에 따르면 시간의 흐름은 엔트로피가 낮은 쪽에서 높은 쪽으로 흘러간다. 그러나 인간의 무지가 제거되면 과거, 현재, 미래는 한 덩어리로 묶이면서 불가분의 상태가 되고 미래 또한 확실해진다. 불행하게도 김언 시인에게 확실한 것은 죽음이다. 죽음은 무지가 해소된 장소를 만들어 낸다. 무지가 해소된 바로 그 장소에서 과거, 현재, 미래가 뒤섞인다. 이미 죽어 버린 가족들이 과거의 시간을 여전히 살아가고 있고, 미래에 죽을 가족들이 현재의 시간에 이미 죽은 채로 발견된다. 과거의 죽음과 미래의 죽음이 모두 한 장소에서 뒤섞인다. 그 속에서 "파리한 낯빛"의 시인이 숨 쉬고 있다. 물론 그 시인조차 이미 죽은 사람이라 말해도 좋을 것이다. 그래서 그는 말한다.

나는 나의 아들이 죽었다고 배운다. 나는 나의 아내가 죽었다고 배운다. 나는 나의 어머니도 아버지도 죽었다고 배운다. 남는 것은 그럼 누군가? 나는 나의 피붙이들이 모두 죽었다고 배운다. 피붙이나 다름없는 친구들이 모조리 죽었다고 배운다. 남는 것은 그럼 누군가? 나와 상관없는 사람들은 살았다. 나와 상관없는 사람들은 모두 살아남아서 죽었다고 배운다.

─「배운 사람」에서


거듭 말하지만, 시인의 확실한 지식은 죽음이다. 이 지식은 반복되는 배움에서 비롯된다. 아들, 아내, 어머니, 아버지, 피붙이들, 친구들, 나와 상관없는 사람들까지도 "모조리 죽었다고 배운다." 이 확실한 지식 앞에서 과거, 현재, 미래는 통합된다. 과거, 현재, 미래가 한 장소에 모여들어 아무도 없는 풍경을 만들어 낸다. 문제는 그것을 지켜보는 시인의 마음이다. 시인은 "오늘 아침 이 시체들을/ 파리한 낯빛이 되어 혼자 보고 있다."(「가족」) "오늘 아침"이라는 '현재' 속에 '과거'와 '미래'의 "시체들"이 놓여 있다. '현재'를 사는 시인은 '과거'와 '미래'의 시체들을 마주한다. 시인의 주체는 '현재'를 초과한 상태다. 그는 과거와 미래의 죽음을 '현재' 이 순간에 생생히 목격한다.

시인의 주체가 '현재'를 초과하는 이유는 무엇 때문인가? 물론 죽음에의 확실한 지식 때문이다. 죽음의 확실성에 관한 한, 엔트로피는 0에 수렴한다. 죽음은 확실하다. 그래서 시인의 존재 분류는 다음과 같다. "산 자와 괴로운 자가 있다. 죽은 자와 없는 자가 있다."(「산 자와 괴로운 자」)
여기서 '죽은 자'='없는 자'라는 의미의 유사성은 '산 자'와
'괴로운 자'에도 적용된다. '산 자'는 '괴로운 자'다. 죽음에
둘러싸인 '산 자'는 죽음 속에서, 죽음을 피해 가고자 하는
욕망과 불안 속에서 괴로울 수밖에 없다. 장 보드리야르의
말처럼 자본 축적의 욕망은 죽음을 이겨 내고자 하는 도
저한 욕망임에도 불구하고 자본주의의 화려한 성채는 죽
음의 불안과 공포를 뜨거운 내핵으로 삼는다. 시인의 주체
는 불안과 공포 속에서 과거, 현재, 미래를 초과하여 확장
된다. 그러므로 그에겐 항상 "없는 사람이 있다."(「산 자와 괴
로운 자」) "없는 사람이 있"으므로 산 자는 괴롭다. 게다가
과거와 미래를 향해 그의 주체가 확장될수록 "없는 사람"
은 더욱 늘어난다. "없는 사람"이 늘어날수록 그는 더욱 괴
로울 수밖에 없다.


## '불안'이라는 생물과 '백지'로의 충동

보다 큰 불행이 한 가지 더 있다. 죽음을 제외하고는 확
실한 지식이 없다는 사실이다. 죽음의 확실성 속에서 과거,
현재, 미래가 통합되지만, 그 확실한 지식을 벗어나면 과거,
현재, 미래는 분열된다. 그 무엇도 확실치가 않다. '산 자'의
괴로움에 이러한 사실이 추가되는 것은 당연한 일이다. "우

리는 사랑 때문에 괴롭다. 사랑이 없는 사람도 사랑 때문에 괴롭다. 그래서 사랑 자리에 다른 말을 집어넣어도 괴롭다. 우리는 사람 때문에 괴롭다. 우리는 사탕 때문에도 괴롭다. 한낱 사탕 때문에도 괴로울 때가 있다. 우리는 무엇이든 괴롭다. 사탕 자리에 무엇이 들어가도 우리는 괴롭다."(「괴로운 자」) 시인에 따르면, 우리는 모든 것 때문에 괴롭다. 왜 괴로운가? 주체의 욕망과 세계의 질서가 어긋나기 때문이다. 아니, 세계의 질서를 도저히 파악해 낼 수 없기 때문이다. 그 어긋남과 불확실성이 불안을 유발한다. 불안은 의미를 잠식한다. 세계의 질서를 파악해 내지 못한 모든 불안의 말들은 결국 무의미를 향해 간다. "가을 없이는 겨울도 없다는 말. 무의미하지. 겨울 없이는 봄도 여름도 없다는 말. 무의미하지. 의미는 뒤통수니까. 뒤통수에 있으니까. 가을에 무의미한 시는 하늘이 무너져도 무언가를 쓰고 있지."(「무의미」) 가을과 겨울의 선형적 인과성은 불확실하다. 겨울 이후의 봄도 여름도 불확실해서 그 의미는 완전하지 못하다. 지구의 자전이 멈추거나 태양이 식어 버리는 순간 그것의 의미는 휘발하고 만다. 세계의 복잡계로부터 감산(減算)된 지식은 잠재된 그 무엇에 의해서 언제든지 흔들릴 우려가 있는 것이다. 세계의 의미는 불확실하고 무엇보다 사후적(retrospective)이다. "의미는 뒤통수니까. 뒤통수에 있으니까."라는 문장이 암시하듯, 의미는 시간의 '뒤통수'에서 겨우 형성된다. 그럼에도 불구하고 시인은 쓸 수밖에 없

다. 시인에게 남아 있는 것은 쓰기의 질서다. 쓰기라는 질
서를 통해 '자기 보존'(self-preservation)의 장소를 확보한다.
괴로움 속에서 스스로의 형체를 겨우 유지할 수 있는 쓰기
의 장소.

나는 나 때문에 괴롭고 괴롭다 못해 다시 말한다. 나는 나
때문에 말한다. 나는 나 때문에 말하는 나를 말한다. 나는 나
때문에 내가 아니다. 나는 나 때문에 늘 떠나왔다. 나는 나 때
문에 그곳이 괴롭다. 내가 있었던 장소. 네가 머물렀던 장소.
사람이든 사랑이든 할 것 없이 사탕처럼 녹아내리던 장소. 그
장소가 괴롭다. 그 장소가 떠나지를 않는다. 그 장소를 버리고
그 장소에서 운다. 청소하듯이 운다. 말끔하게 울고 말끔하게
잊어버리고 다시 운다. 그 장소에서 그 장소로 옮겨 왔던 수많
은 말을 나 때문에 버리고 나 때문에 주워 담고 나 때문에 어
디 있는지 모르는 그 장소를 나 때문에 다시 옮겨 간다. 거기
가 어딜까? 나는 모른다. 너도 모르고 누구도 모르는 그 장소
를 괴롭다고만 말한다. 괴롭지 않으면 장소가 아니니까. 장소
라서 괴롭고 장소가 아니라서 더 괴로운 곳에 내가 있다. 누가
더 있을까? 괴로운 자가 있다.

—「괴로운 자」에서

보라. 시인은 반복적으로 괴롭다고 말한다. "나 때문에
괴롭고 괴롭다 못해 다시 말"하고, "나 때문에 늘 떠나왔"

으며, "나 때문에 그곳이 괴롭다." 그 장소. "내가 있었던 장소. 네가 머물렀던 장소. 사람이든 사랑이든 할 것 없이 사탕처럼 녹아내리던 장소." 그 장소가 괴로운 것이다. 시인은 그 장소로부터 떠나왔으되 여전히 그 장소에 머문다. 먼지로 가득한 그 장소를 '청소'하고 싶으나 오히려 그는 "청소하듯이 운다." 눈물이 젖은 먼지처럼 쏟아질 테다. 그 장소에서 비롯된 시인의 괴로움은 그의 생을 지배한다. 확실한 죽음 앞에서 모든 과거와 현재와 미래가 득달같이 그 장소에 모여들고, 불확실한 생(生)의 한가운데서 그는 괴로운 것이다. 그러나 여기서 주목해야 할 것은 '괴롭다'가 아니라, '괴롭다'라는 '쓰기'의 반복이다. 그는 숨을 쉬듯 '괴롭다'를 반복적으로 쓴다. '쓰기'의 반복적 행위를 통해 '괴로움'을 가까스로 통제하고 주체를 유지하고 있는 것이다. 그의 시는 그 위태로운 통제선을 따라 기술되고 있다.

괴로움의 원인은 불안이다. 죽음만이 확실한 지식이라면, 그 외의 모든 것은 불확실한 지식이다. 확실성과 불확실성 속에서 그의 불안은 배태된다. 그에게 불안은 살아 있는 생물과도 같다. "불안은 생각이 많다. 염려하는 그날이 올까 봐. 마찬가지로 고대하던 그날이 오지 않을까 봐 불안은 불안을 좀먹는 모든 생각들을 키우면서 불안의 어두운 구석을 들추어낸다."(「불안」) 프로이트에 따르면 불안은 출생과 더불어 시작되는 인간의 근원적인 정동(affect)이며, 외부의 자극에 의해 가중된다. 그렇다. 정동이다. 그의 시는 불안이라는 정동 덩어리다. 그러나 불안은 자기 보존 본능의 발현이기도 하다. 불안이 없다면, 위험에 대처할 수 없다. 달리 말해 불안은 살고자 하는 욕망의 신체적 발현이다. 그리고 불안은 통제선을 넘나들며 시인의 주체를 점령하게 되고, 시인은 급기야 불안 그 자체인 생물로 존재하게 된다.

불안은 집 밖에서도 돌아다닌다. 걸으면서도 불안하고 뛰면서도 불안하고 조용히 앉아서도 입술을 물어뜯는 버릇이 불안에게는 있다. 불안에게는 없는 버릇이 불안에게 있는 버릇으로 와전되더라도 불안은 생각을 멈추지 않는다. 다리를 멈추지 않는다. 그것은 좀 전까지도 떨고 있었고 거의 인지하지 못한 채로 계속하고 있었고 그것이 인지되는 순간 불안은 불안을 멈추고 다른 불안을 시작한다. 다리 떨기는 멈추었다. 입술을 물어뜯는 버릇도 멈추었다.

　　　　　　　　　　　　　　　　　　　—「불안」에서

시인은 '불안'이라는 생물이다. 불안은 집 밖을 돌아다니고 입술을 물어뜯고 다리를 멈추지 않고 심지어 떨기 시작한다. 불안의 정확한 증상이다. 프로이트가 말했듯이 인간은 불안을 효율적으로 처리한다. 예컨대 강박증, 동물 공포증, 전환 히스테리(불안을 신체의 증상으로 전환시킨다.)가 그렇다. 그중에서 동물 공포증이 그나마 인간에게 유익하다. 공포의 대상인 동물을 피하기만 하면 불안에 시달리지 않으니까 말이다. 그러나 김언의 시를 읽은 이라면 모두 알겠지만, 김언의 불안은 거의 전면적이다. 피하는 것이 불가능하다. 입술을 물어뜯는 강박적 행위와 다리를 떠는 전환 히스테리로써 불안의 강도가 가까스로 분산되는 것 같지만, 불안은 "다른 불안을 시작하"고 "불안을 쌓아 올리면서 불안을 견디"는 연쇄망 속에 감금되어 있다. 그러나 시인은 "불안의 근원에 불안이 없다는 사실"을 안다. "한없이 덩치만 부풀린 거구의 내면이 텅 빈 백자처럼 아름답고 우스워 보일 때, 불안은 드디어 생각을 중지하고 와르르 허물어질 자세를 취할 것처럼 떠들어 대지만, 그 또한 불안의 한 증상"임을 깨닫는다.(「불안」) 불안은 "텅 빈 백자"다. 그렇다면 불안에 떠는 주체는 뭐란 말인가. 불안에 점염된 주체 역시 사실은 '텅 빈 백자'와도 같은 것. '텅 빈 백자'는 불안에 점령당한 채 괴로워하는 '백지'의 이미지로 전환된다. 그리하여 '백지'에 대한 사유는 필연적이다. '백지'는 주체의 실체다. 시인은 '백지'의 상태를 지향한다.(「백지에게」)

　인간의 정신을 백지로 보는 전통은 오래된 것이다. 아리스토텔레스는 인간의 정신을 아무것도 씌어지지 않은 칠판에, 스토아학파는 공백에 비유하였다. 근대철학자 존 로크 역시 관념 생성 이전의 인간의 정신을 백지를 의미하는 '타불라 라사'(tabula lasa)라 말한 바 있다. 라캉은 이로 인해 주체는 결핍에 시달릴 수밖에 없다고 했으며, 바디우는 그러한 주체의 본질을 '공백'(the void)으로 간주한다. '공백'

의 상태에서 불안은 신체적 상태(신체적 관념)로만 존재할 것이다. 불안을 인지하고 의식화하는 과정이 있을 수 없기 때문이다. 주체가 공백 상태라면 주체가 불안에 점령당할 일도 없다. 따라서 시인은 불안을 느낄 수 없는 주체의 '백지'(공백) 상태로 되돌아가고자 한다. 그러나 그것은 가능한가? 주체가 이미 형성된 상태라면 그것은 불가능하다. 주체를 제거하고자 하는 의식조차 주체의 작용이다. 주체가 형성된 후 주체 스스로는 주체의 메커니즘인 시니피앙의 연쇄로부터 벗어날 수 없다. 시인은 그러한 주체의 사태를 명확히 파악한다.

> 백지가 되려고 너를 만났다. 백지가 되어서 너를 만나고 백지처럼 잊었다. 너를 잊으려고 백지답게 살았다. 백지가 저기 있다. 백지는 여기도 있다. 백지는 어디에나 있는 백지. 그런 백지가 되자고 살고 있는 백지는 백지답게 할 말이 없다. 대체로 없고 한 번씩 있다. 백지가 있다. 백지에서 나오는 말들. 백지에서 나와 백지로 돌아가기를 거부하는 말들.
>
> ——「백지에게」에서

이 시의 첫 세 문장은 순환논법의 오류를 드러낸다. "백지가 되려고 너를 만났다."에서 '백지'는 '너'를 만난 목적이다. 그러나 주체가 '백지'가 되는 것은 불가능에 가까우므로 "백지가 되어서 너를 만나고 백지처럼 잊었다."는 말은 주체의 착각일 뿐이다. 그래서 "너를 잊으려고 백지답게 살았다."고 말하고 있는 것이다. "백지답게"라는 말은 백지에 근접했다는 진술에 지나지 않는다. '백지'가 되기 위해 '너'를 만나 '백지' 상태에 가까워졌으나, 오히려 '너'로 인해 온전한 '백지' 상태가 되지 못한다. 그래서 '너'를 잊기 위해 '백지답게' 살고 있는 것이다. 처음과 달리 '백지'가 '너'를 잊기 위한 수단이 되고 있다. 이러한 순환논법은 이 시에서 단순한 논리적 오류에 머물지 않고, 주체의 사태를 드러내는 역설이 된다. 김언의 시는 '백지'로 돌아가고자 하는 충동(drive)으로 가득하다. 그의 시는 "백지에서 나오는 말들"이며, "백지에서 나와 백지로 돌아가기를 거부하는 말들"이다. '백지'를 지향함으로써 생성된 그의 시적 언어들은 '백지'로 돌아가야 하지만, '백지'로 돌아가기 위해 만났던 '너'라는 존재처럼, '백지'로 결코 돌아가지 않는다. 돌아갈 수도 없다. 그래서 시인은 말을 바꿔 "백지가 되지 않으려고 너를 만난 것 같다."라고 말한다. 그리고 "백지라는 글자를 쓰고 또 잊는다." '백지'는 시인의 주체에게 허락되지 않고 '백지'라는 '글자'만이 허락된다. 주체는 시니피앙의 연쇄로부터 벗어날 수 없으므로 순수한 '백지' 상태가 될 수 없다. '글자'는 '백지'를 오염시키는 주체의 시니피앙이다. 주체가 공백을 오염시킨 시니피앙의 연쇄 작용이라면, 주체 스스로 시니피앙을 제거하는 것이 가능한가. 우로보로스(Ouroboros)는 자신의 꼬리부터 집어삼켜 끝내 자신을 소멸

시킬 수 있는가. 주체의 곤경은 바로 이것이며, 김언의 시는 그러한 곤경의 시적 증상이다.


### 현재의 미분(微分)과 죽음충동


　김언이 공백으로 돌아가고자 하는 충동의 근저에는 죽음의 체험이 도사리고 있다. 상징계의 정중앙에 똬리 틀고 앉아 있는 그것은 시인의 근원적인 체험으로 자리잡고 있다. '아무도 없는 곳'이야말로 김언이라는 주체의 고향이다. 고향은 '아무도 없는 곳', 즉 '백지'의 공간이다. '백지에서 나오는 말들'이 시인의 언어이며, 이 언어들로 구성된 주체는 "불변하는 존재가 아니라 변해가는 존재, 실체를 가진 존재가 아니라 떠다니는 존재"*다. 줄리아 크리스테바가 말했던 '과정으로서의 나'다. 이는 신경과학적으로 주체의 실재에 가깝다. 한 덩어리로 뭉쳐지고 흩어지는 과정. 여기서 비롯된 시의 언어 또한 마찬가지다. "없다는 것이 분명한데도 있다는 것을 말하는 순간이 온다. 시가 탄생하는 순간이다."**
　주체의 자리가 백지였고 그곳엔 본래 아무것도 없었으니, 그리고 죽음의 흔적만이 있었으니 죽음의 주체는 그

---

* 「모형으로 사고하기 혹은 상상하기」, 『시는 이별에 대해서 말하지 않는다』.
** 「죽음이 연기를 불러왔다」, 같은 책.

장소를 떠나고자 했음에도 그곳에 강박되고 만다. 그곳의 현실적인 장소는 고향이다. 김언은 고향을 거부하지만, 고향을 벗어나지 못한다. "홀어머니가 살고 있"는 "고향" 말이다. 고향만 생각하면 다시 시인은 "아직 일어나지 않은 일에 대해 고민"하게 된다. "가령 내가 죽는다는 사실. 내가 죽기 전까지 내가 죽는 것에 대해 고민할 거라는 사실. 고민하다가 별다른 대안도 내놓지 못한 채 죽어 갈 거라는 사실. 대안이 없으니 대책 없이 죽고 대책 없이 죽어서는 대책 없이 묻히거나 타들어 가거나 떠내려갈 거라는 사실. 죽는 방식은 여러 가지지만 죽음 자체는 온전히 하나라는 사실."(「고향 앞으로」) 고향은 죽음의 장소다. 그러니 그에겐 고향은 기탄(忌憚)의 대상이다. "고향에서 소식이 들려오는 것이 두렵다. 어떤 소식이든 좋지 않은 소식이다." 그래서 김언의 시는 그 스스로 고백하듯이 "나라는 고향의 한 결과물이 뿌리를 부정하면서 탄생하는 말에 집착"하게 된 결과다.(「고향 앞으로」)

고향이 기탄의 대상이 되고 있으니, 그는 현재와 미래에 집중해야 한다. 그러나 시인 스스로 이미 알고 있다시피 현재와 미래 또한 죽음의 장소다. 과거의 장소에 '먼지'처럼 확고하게 떠돌고 있는 죽음은 현재뿐만 아니라 미래에도 존재한다. 과거의 확고한 죽음과 미래의 확실한 죽음, 그렇다면 현재는 뭔가? 현재 역시 고향에 섬령딩한 상태다. "고향은 몇 번을 벗어나도 고향이다. 고향은 고향이 아닌 곳이 없는 곳으로 이곳을 만든다. 이곳은 고향이다. 떠나와도 이곳은 고향이다. 저곳도 고향이다.”(「고향 앞으로」) 고향은 현재를 복부르며 따라다닌다. 현재 그것은 '계속되는 마지막'이다. “그렇게 많은 사람을 죽이고도 그는 죽었고/ 그렇게 많은 사람을 살리고도 그는 죽었다./ 아무런 차이도 없는 이 죽음을 변별하기 위해/ 역사가 끼어든다. 윤리라고 해도 좋다./ 의로운 삶. 외로운 삶. 그리고 계속되는 죽음./ 계속되는 마지막.”(「계속되는 마지막」) 시인은 역사의 윤리 바로 아래 진피층을 형성하고 있는 죽음을 들여다본다. 모든 역사의 기저는 죽음이고 윤리의 기저 역시 죽음이다. 현재의 지층을 이루고 있는 죽음을 들여다보는 행위 역시 불안으로 가득하다. 하여 시인은 죽음의 현재를 무한히 확대한 바 있다. 확대경을 들이대는 순간 현재를 지배해 왔던 죽음의 형상은 해체되고 만다. 이는 궁극적으로 고향을 “이미 떠나왔는데 한 번 더 떠나는 일”(「고향 앞으로」)이기도 하다. 그의 시집 『한 문장』에 그러한 시적 사유가 고스란히 남아 있다. 예컨대 다음과 같은 시를 보라.

어떤 슬픔도 없는 중이다. 슬픔이 많아서 없는 중이다. 없는 중에도 슬퍼하는 중이다. 슬퍼하는 중을 외면하는 중이다. 다 어디로 가는 중인가. 다 어디서 오는 중인가. 아무도 가로막지 않는 중이다. 아무도 가로막을 수 없는 중이고 오고 있다. 슬픈 중에도 슬픈 중과 함께 더 슬픈 중이 돌아가고 있다. 돌려주고 싶은 중이다. 되돌리고 싶은 중이고 중은 간다. 슬

픈 중에도 고개 한 번 끄덕이고 고개 한 번 돌려보고 가는 중
이다. 오지 말라는 중이다. 가지 말라고도 못 한 중이다. 너는
가는 중이다. 없는 중이다.

—「중」*

　'중'은 '현재'를 미분하는 단어다. 정확히 말하자면, '중'은
슬픔을 느끼는 현재의 의식을 미분한 결과다. 의식의 최소
단위 '파이'(Φ)를 미분하는 순간, 슬픔을 의식하는 주체의
경계는 사라지고 만다. "어떤 슬픔도 없는 중"이고, "없는
중에도 슬퍼하는 중이다."라는 진술은 '현재'를 자각하는
의식의 미분 속에서 발생하는 역설(paradox)이다. 미분의 세
계가 의식의 세계로 침투하는 순간 논리적 세계는 파괴되
고 역설은 증가한다. 과거의 확고한 죽음과 미래의 확실한
죽음 속에서 시적 주체는 슬픔과 불안으로 가득하다. 죽
음에 감금된 시적 주체의 선택지 중 하나는 현재의 세계와
의식을 미분하는 행위다. 미분 행위의 결과는 주체로부터
의 이탈이다. 미분화된 현재는 주체는 물론이고 죽음조차
도 휘발시키고 만다. 이때의 주체는, 들뢰즈가 말했듯이, 인
격 또는 자아를 더 이상 구성하지 않는 개별화의 상태로서
의 헤세이티(heccéité), 즉 '비인격'의 상태로 돌입하게 된다.
이로써 과거의 죽음에서 비롯되는 슬픔과 미래의 죽음에서

*『한 문장』(문학과지성사, 2018).

오는 불안은 사라질 수 있다. 현재에 집중함으로써 마음의 평온을 얻는 삼매(三昧)와 유사한가? 삼매가 평온과 깨달음에 이른 경지라면, 김언의 시는 현재를 의식하는 주체를 미분하여 발생하는 효과로서의 불안과 고통의 감소다.

나는 가끔 저곳이 된다. 저곳에 무엇이 있을까가 된다. 질문하다가 된다. 아무도 모르게 된다. 아무도 모르게 창문을 닫고 불을 끄다가 된다. 그래서 서 있다가 된다. 그렇다는 말이 된다. 어쩔 수 없다가 된다. 바닥이 된다. 기대를 걸다가 되고 내버려 두다가 된다. 이 장소 이 순간이 된다. 저수지 주변을 천천히 걷다가 된다. 두툼한 노인이 된다. 청년을 보다가 된다. 다시 된다. 맨 처음부터 조심스럽게 된다. 분노하게 된다. 미치게 된다. 바람을 넘어가다가 된다. 우습게도 된다. 격정에 차서 된다. 신념을 잃고 된다. 머리카락을 자르다가 된다. 도중에 된다. 도달할 수 없는 것이 된다. 자자손손 된다. 촛농이 심지를 덮다가 된다. 우연히 우연을 견디다가 된다. 춤을 추다가 된다. 쓰고 있다가 된다. 나를 모른다고 된다. 무덤밖에 모르는 날이 된다. 그들처럼 된다. 그들이 된다. 두 번 봐도 되고 한 번 봐도 된다. 그 영화는 아주 오래 생각하다가 된다. 그 인간도 아주 오래 망각하다가 된다. 언젠가는 된다. 인간이 우리라고 된다. 후회하다가 된다. 거기서도 된다. 아무도 모르게 된다. 모르다가 된다. 저곳에 가면.

——「된다」

이 시는 명명하기 힘든 의식과 신체의 상태를 '된다'로 진술한다. 우리의 의식과 신체는 지금도 미세하게 작동하고 있으며 우리가 감지하는 그 느낌은 감산(減算)의 과정을 통과한 것이다. 시인은 최대한 감산 이전의 의식과 신체의 감각을 주목한다. '된다'가 반복되고 있음에도 '된다'의 대상은 대부분 명시되어 있지 않다. 그럴 수밖에 없는 것이 미분적 차이 속에 내재된 잠재태는 명명이 불가능한 상태이기 때문이다. 시인은 자기 자신의 명명 불가능한 잠재태를 감지하는 중이다. 수많은 잠재태 중에서 특정한 것만을 추출하지 않고 현재의 미분된 감각에 최대한 육박한다. 이 시에서 과거와 미래의 감각은 존재하지 않는다. 이 시의 주체는 과거와 미래에 집착하지 않고 현재에 집중한다. '된다'의 지속적인 반복은 현재의 경험을 미분한다. 시적 주체는 그것이 무엇이든지 감지하고 받아들인다. 미분된 '현재'의 감각에 집중함으로써 시적 주체는 '과거'와 '미래', 심지어 '현재'로부터도 자유를 얻는다. 그것은 어디에도 정박하지 않는 주체의 자유다. 과거에는 원체험의 죽음이 고향처럼 자리하고 있고, 미래에는 확실한 죽음이 버티고 있다. 그는 현재의 미분된 감각에 집중함으로써 주체의 불안을 넘어선 자유를 비로소 얻는다.

이는 매우 역설적이다. 죽음의 불안으로 인해 죽음의 시간을 더욱 들여다보고 미분된 현재의 감각에 집중함으로써 자유를 얻는다는 것. 이는 무기물의 평정 상태를 지향하는 죽음충동(프로이트)의 양상과 흡사하다. 죽음충동을 통해 평정 상태를 지향하는 과정은 주체를 해소하는 과정과 다르지 않다. "불가능하지만 인격의 완전한 소멸 속에서 시는 탄생한다."* 그 불가능에 가까운 과정 속에서 그의 시는 비로소 탄생한다.

## 아무도 없는 곳으로

담배 없이 나온 문장은 그래서 무언가가 빠진 느낌이다. 문법에는 맞지만 부자연스러운 글, 문법과 상관없이 자유로운 글. 둘 중에서 하나를 택하라면 담배는 후자를 택한다. 마치 연기가 장애물을 비껴가듯이 문법을 비껴가는 문장. 이것이 없으면 관공서에나 줘버려야 할 문장.

　　　　　　　　　　　——「죽음이 연기를 불러왔다」에서**

김언 시인은 애연가(愛煙家)다. 그의 코와 입을 들숨 날숨처럼 들락거리는 연기는 시와 다름없다는 생각을 하곤했다. "담배 때문에 한참 더 살아야 할 나이를 채우지 못" 할 것이라는 공포에도 불구하고 그는 담배를 태운다. 죽음

* 「얼굴의 서사」, 『시는 이별에 대해서 말하지 않는다』.
** 같은 책.

은 근원적인 불안이다. 그것은 문법으로 정리할 수 없는 신체의 정동으로 존재한다. 주체의 언어는 정동에 대하여 너무나 무기력하다. 정동은 언어로 드러내기 힘들다. 따라서 언어의 질서를 파괴하는 탈문법은 신체의 부름을, 의식 바깥의 그 무엇을, 혹은 정동이 응축한 잠재성의 세계를, 언어가 장악한 현실의 세계 한가운데로 끌어들이는 시적 행위다. "문법에 맞지만 부자연스러운 글"이란 시인이 감지하고 있는 바를 기존의 언어 질서로는 도저히 드러낼 수 없다는 뜻이다. 그래서 시인은 언어를 파괴하고, 시를 살려낸다. 그러나 그 시에는 시인의 몸이 느끼는, 견딜 수 없는 그 무엇이 깃들게 된다. 지금까지 시인의 시는 그 무엇에 집중해 왔다. 그것이 죽음의 불안에서 비롯된 정동이 아니면 무엇일까.

시인에게 불안의 원천인 그곳에는 이제 아무도 살지 않는다. 아무도 살지 않는 곳을 떠나왔으나, 그의 시는 여전히 아무도 살지 않는 곳으로 돌아가는 중이다. 그런 까닭에 그의 시는 무의미다. 그럼에도 불구하고 그는 무언가를 쓰고 있다. "가을에 무의미한 시는 가을을 지시하지 않겠"지만, "가을에 무의미한 시는 하늘이 무너져도 무언가를 쓰고 있"는 것이다.(「무의미」) 무언가를 쓰는 과정에서 그는 여전히 담배를 태우고 살아 숨 쉬고 그렇게 씌어진 시를 물끄러미 들여다본다. "모두 어디로 간 것일까?"(「누가 불러서 왔습니까?」) 그는 아무도 없는 곳을 떠나왔지만, 여전히, 아무도 없는 곳을 '미리' 살고 있다. 아무도 없는 곳이었고, 아무도 없는 곳일 테니, 아무도 없는 곳에서 누군가를 기다리지만 끝내 만나지 못할 것을 아는 우리는 누구인가? "언제 한번 보자"는, 가뭇없이 사라지는 허망한 약속처럼, 그의 시는 "용건에 굶주린 사람"(「용건 없는 사람」)처럼 움직인다. 아무도 없는 곳에서 아무도 없는 곳으로. 그리고 그는 "담배를 태우"며 "정확히 시간을 보고 있다."(「다시 밤이다」) 불안은 여전히 박동(搏動)하고, 그는 우리에게 투척된 정동 그 자체다. "있어도 보이지 않는"다.(「겪어 보지도 않고 나쁜 사람」) 아무도 없는 곳이지만, 그래도 우리, "언제 한번 보자"는 약속은 잊지 말자.

　삼월에는 사월이 되어 가는 사람. 사월에는 오월이 되어 가는 사람. 그러다가 유월을 맞이해서는 칠월까지 기다리는 사람. 팔월까지 내다보는 사람. 구월에도 시월에도 아직 오지 않은 십일월에도 매번 기다리다가 지나가는 사람. 우리가 언제 만날까? 이걸 기약하느라 한 해를 다 보내고서도 아직 남아 있는 한 달이 길다. 몹시도 길고 약속이 많다. 우리가 언제 만날까? 기다리는 사람은 계속 기다리고 지나가는 사람은 계속 지나간다. 해 넘어가기 전에 보자던 그 말을 해 넘어가고 나서 다시 본다. 날 따뜻해지면 보자고 한다.

――「언제 한번 보자」

지은이　　김언

1973년 부산에서 태어나 1998년 《시와사상》으로 작품 활동을
시작했다. 시집으로 『숨쉬는 무덤』 『거인』 『소설을 쓰자』
『모두가 움직인다』 『한 문장』 『너의 알다가도 모를 마음』,
산문집으로 『누구나 가슴에 문장이 있다』, 시론집으로 『시는 이별에
대해서 말하지 않는다』 등이 있다. 미당문학상, 박인환문학상,
동료들이 뽑은 올해의 젊은 시인상을 수상했다.

# 백지에게

1판 1쇄 펴냄  2021년 7월 2일
1판 2쇄 펴냄  2021년 11월 8일

지은이  김언
발행인  박근섭, 박상준
펴낸곳  (주)민음사

출판등록 1966. 5.19. (제16-490호)
서울특별시 강남구 도산대로1길 62(신사동)
강남출판문화센터 5층 (06027)
대표전화 02-515-2000 / 팩시밀리 02-515-2007
www.minumsa.com

ISBN 978-89-374-0905-9 04810
　　　978-89-374-0802-1 (세트)

* 이 시집은 2020년 서울문화재단 예술창작활동지원사업(문학 분야)의 지원을 받아
　발간되었습니다.
* 잘못 만들어진 책은 구입처에서 교환해 드립니다.

민음의 시
목록